AF408475

Roselina Salemi

FUOCO

#readingwithlove

#readingwithlove

ISBN 9791280555175

(Seconda edizione)

Editing
Susanna Barbaglia
Antonella Tomaselli
Production
Gabriele Bertoli

Grafica di copertina: Giuseppe
Immagine: Dimasik_sh/Shutter

© 2022 #readingwithlove

Seguici su Facebook (readingwithlove.official),
Instagram (readingwithlove_official) e
www.readingwithlove.it

L'Uomo Invisibile

Circolavano molte leggende su di lui, e lo sapeva. Del resto è facile se sei un mezzo genio informatico, passi le tue giornate in una stanza illuminata dagli schermi di dodici computer, parli poco, non vedi nessuno e per di più sei sfregiato (ringraziava mentalmente tutti quelli che avevano rinunciato a chiamarlo Scarface). Le quattro profonde cicatrici incise sulla guancia destra erano state addolcite con ogni mezzo, ma restavano spaventose. Dicevano che era stato un incidente stradale, arricchito ogni volta da dettagli sempre più sensazionali. Che era stato un tentativo di suicidio (difficile crederlo), un rivale in affari, o addirittura la mafia. Lui non smentiva, lasciava che le voci corressero e non si confidava. Non aveva mai parlato della sua famiglia, nessuno aveva notizie su fratelli, sorelle, fidanzate, amanti. I giornali lo consideravano inutilmente scontroso, ma chi aveva cercato di scavare nel suo passato si era trovato davanti a un muro.

Era comparso dal nulla nel 2006 con una laurea americana e un algoritmo geniale capace di monitorare e correggere i sistemi di sicurezza informatica. Il Sacro Graal dell'epoca digitale. David Minelli aveva trentacinque anni, occhi di uno strano grigio quasi argenteo, capelli neri.

Il fisico da lottatore trasmetteva un'idea di violenza trattenuta, come il buttafuori di un night equivoco, un rapper fuori di testa, un gangster vecchio stile. Invece era cortese e politicamente corretto. Pagava le tasse, faceva beneficenza, assumeva giovani laureati, entrava in azienda per primo, usciva per ultimo.

La sua vita era una somma di negazioni: non mangiava in mensa, non chiacchierava con le ragazze della reception, non flirtava, non andava in vacanza, non dava feste, non accettava inviti, non concedeva interviste, non ritirava premi, non guidava, non urlava.

Le guardie di sicurezza sostenevano che avesse passato la notte di Natale nella stanza dei server (erano andati a controllare preoccupati dal rumore: era lui che stappava una bottiglia di champagne).

Oriana, la sua assistente personale, più madre che segretaria, mandava a ritirare noiose camicie azzurre di cotone Oxford, T-shirt nere, jeans in cotone organico e felpe con cappuccio di Gap. Se le chiedevano delle cicatrici, scuoteva la testa con aria materna. «Quel povero ragazzo…».

Il "povero ragazzo" nel 2016 aveva incassato un utile netto di 289 milioni di euro, non proprio noccioline, aveva comprato case fuori e dentro Milano. Erano state ristrutturate e arredate, ma nessuno aveva idea di dove vivesse, tranne il suo autista. Era un assoluto mistero.

I giornalisti erano stati liquidati con una generica biografia e due frasi virgolettate. Chi aveva provato ad avvicinarlo con un invito, un gesto cordiale, era stato respinto. No grazie.

Aveva desideri. Potenti. Impetuosi. Ma lo sapeva soltanto l'analista che registrava il contenuto vulcanico dei suoi sogni considerandoli un progresso rispetto al non dormire.

Sangue, fuoco. Essere ucciso. Uccidere.

Ormai sapeva che quel groviglio annidato in profondità nella sua coscienza era il prodotto della rabbia, del dolore, dell'isolamento.

Non capiva gli altri ed era sempre stato così.

La dinamica delle relazioni era del tutto oscura, mentre, al contrario, era chiaro il mondo dei numeri. Questo non gli impediva di avere fantasie, e le trattava come rappresentazioni. Scriveva la sceneggiatura dei suoi incontri. La ricchezza aiuta, sapeva anche questo. Comprava il corpo e il tempo di donne bellissime che non badavano alla sua faccia, alle cicatrici sul petto (ma qualche volta le copriva con pellicole adesive), sul fianco, sulla schiena. Tre erano quasi scomparse, anche se poteva riconoscerle al tatto, altre erano ancora evidenti, eterno promemoria. Qualche Betty/ Vicky aveva provato a dirgli che era sexy come Geoffrey de Peyrac, in una serie di film francesi. Non lo era.

Dopo sette operazioni si era arreso. Le incisioni erano profonde e frastagliate.

Davanti allo specchio vedeva ogni giorno la faccia migliore che aveva potuto ottenere con molto denaro e molta sofferenza. L'ultimo chirurgo che era riuscito a ridurre la cicatrice più grande, alla fine l'aveva guardato compassionevole: non si poteva fare di più. Non ancora, almeno. Quando era carico di stress, stanchezza, infelicità, due-tre volte la settimana, si rivolgeva a un'agenzia di rara efficienza che gli aveva assegnato una "mediatrice" (bel nome per una che smistava escort di lusso). All'ora che voleva, nella camera che voleva, con garanzie di assoluta riservatezza, avrebbe trovato una Betty (bionda) o una Vicky (bruna) e dopo quella sera non l'avrebbe più rivista.

Per comodità le chiamava con lo stesso nome.

Sovrapponeva volti delicati e bocche volgari, gambe slanciate e cosce morbide, lentiggini, tatuaggi, ginocchia ossute e capezzoli scuri, dettagli che si perdevano nel fuoco d'artificio del desiderio. Se aveva in mente una fantasia precisa, mandava la lista della spesa all'agenzia - giocattoli erotici, mascherine, bende, costumi, corde, sì aveva provato dei complicati nodi shibari - e si spingeva, per noia, ogni volta un po' oltre. Doveva inventare qualcosa di nuovo per tirar fuori le emozioni dalla stanza buia dove erano rimaste chiuse. Perciò le Betty/Vicky erano sempre diverse. Spogliarelliste del sabato notte, cubiste, atlete, aspiranti modelle, studentesse che non avevano intenzione di studiare, ragazzine venali che la davano via per comprare una borsa firmata. Una vale l'altra, si ripeteva. Il divino amore, cantato dai poeti, raccontato in un'infinità di romanzi, l'amore felice, disperato e assoluto non era che questo: molta immaginazione e cinque minuti - o anche meno - di abbandono del sistema binario. Poi le cose tornavano al loro posto. I numeri non ti sorprendono, non ti tradiscono, non sono soggetti a interpretazioni.

L'ultima Becky aveva una lingua particolarmente vivace ed era di una bellezza imbarazzante. Faceva foto per cataloghi di lingerie, aveva troppo seno per sfilare, e si definiva "un po' porca". L'aveva guardata con la curiosità di un entomologo mentre si accarezzava in maniera professionale, incerto tra due impulsi opposti: saltarle addosso e mandarla via. Aveva seguito il primo.

L'ultima Vicky era una modella afroamericana quasi bianca, ossuta, muscolosa, primitiva. Accettava incontri riservati per comprarsi la coca. Aveva sniffato sul tavolino di cristallo davanti a David che la guardava impassibile, aveva bevuto whisky, aveva riso. Che gioco noioso. L'avrebbe ammanettata, forse. Le avrebbe morso le labbra. Poi aveva visto il piccolo tatuaggio sul polso, un'orchidea nera, la firma inconfondibile di Kat von D. Lo stomaco gli si era contratto. I ricordi erano tornati.

Orchidea nera

La ricordava, eccome. Avrebbe potuto disegnarla a occhi chiusi, dalla radice dei capelli alle unghie dei piedi (era bravo una volta). Non c'era dettaglio che si fosse perduto in tutti quegli anni, anche se pare sia nel nostro destino lasciar andare, un pezzo dopo l'altro, ogni frammento di ciò che abbiamo vissuto. Volti e dettagli spariscono, sbiadiscono come vecchie foto e alla fine diventano polvere, o pixel scomposti. Non Lara (madre romantica, che aveva visto il film *Il dottor Zivago* prima di concepirla). Non Lara. Le dita di David seguivano, come se fosse successo il giorno prima, la curva morbida delle labbra ancora infantili, il collo aggraziato e l'arco della spalla, s'infilavano nel nido caldo dell'ascella, scendevano sul braccio, sul fianco, oltre la vita sottile - qualsiasi cintura era troppo larga - fino alla piega dell'inguine.

Conosceva, desiderava ogni delizioso centimetro di quel corpo minuto, inalava il suo odore come il fumo di una sigaretta. Ostrica e fragola. Sudore e sapone. Sesso e popcorn. Non c'era vergogna in lei, né decenza, né giudizio. Né romanticismo. Non avrebbe mai capito se le veniva naturale, se era soltanto un piccolo animale felice o era l'amore, qualsiasi cosa la parola "amore" significasse.

Ricordava lo strano miscuglio di nausea e desiderio ogni volta che sentiva la sua voce, la sua risata dietro la porta mentre stava per suonare il campanello, il battito accelerato al pensiero dei momenti di follia che lo aspettavano, ma non riusciva a richiamare le sensazioni che aveva provato, non come avrebbe voluto. Ne era spettatore soltanto, come se fossero appartenute a un altro.

Tutto il resto era dolorosamente presente: gli occhi nocciola con dentro mille pagliuzze dorate, la gran massa di capelli neri, gonfi, ribelli, la struttura elastica da ballerina, i polpacci muscolosi, in contrasto con la caviglia delicata. Gli avvinghiava le gambe attorno al collo come se fosse un esercizio o un passo di danza. Rovesciava la testa indietro perché potesse baciarla sulla gola. Gli chiedeva: «Sono bella?». Oppure: «Che cosa ti piace di me?». La sua bambina perversa. La sua colpa. Il suo segreto.

L'aveva fermato per strada, in un giorno di nevischio nella sua Boston. Vendeva i biglietti per un *Amleto* post-moderno, in uno sconosciuto teatrino off. Ne aveva comprato uno. «Prendine due, portaci anche la tua ragazza» aveva detto, «così non vai da solo». «Vienici tu con me» aveva ribattuto, e lei, a sorpresa, gli aveva risposto ok. E poi: «Mi chiamo Lara. Ci vediamo lì».

Che cosa sarebbe successo se non fosse passato da quella strada, se non avesse comprato il biglietto, se non l'avesse invitata, se lei non si

fosse presentata all'ingresso del seminterrato umidiccio che chiamavano teatro? Semplicemente, avrebbe avuto un'altra vita. Invece aveva avuto Lara.

Gli bastava chiudere gli occhi, ed eccola con il suo maglioncino azzurro polvere, i jeans stinti, le scarpe da ginnastica, lo zaino, i capelli trattenuti da una fascia, i granelli di zucchero sulla bocca e guardava lui proprio come guardava le ciambelle, con golosa avidità. Si spogliava in un attimo, sgusciava fuori dai vestiti e si offriva alla luce della finestra, bianca e perfetta, senza un segno, un graffio. Dopo sarebbe arrivata la piccola orchidea nera tatuata sul polso.

Che cosa sappiamo di David Minelli? Cari lettori, un bel niente. Volevamo mettere una foto recente sul nostro sito, ma non ne abbiamo trovate. Quella sul curriculum è di dodici anni fa. Il fondatore di "Ararat", chiaro riferimento biblico al monte sul quale si fermò l'Arca di Noè dando inizio a una nuova epoca dopo il diluvio universale, è un fantasma. Aveva un profilo Facebook e l'ha chiuso nel 2005. Non è su Instagram.

Su Twitter pubblica solo incomprensibili commenti tecno-istituzionali riguardanti l'azienda, mediamente noiosi. Sappiamo che gli utili crescono a due cifre ogni anno, i bilanci sono certificati e bla bla bla. Per questo, leggetevi "Il Sole 24 Ore", il "Financial Times" e "Forbes". Come facciamo di solito, abbiamo indagato. Per esistere, esiste. Passa le sue giornate in una vecchia sede dell'Enel di fronte al cimitero Monumentale, trasformata in un quartier generale ultramoderno di ferro e vetro: dentro ci sono una palestra, una sauna, una zona relax con le amache e una sala giochi. Nelle aree comuni va quando tutti sono usciti.

A quanto pare, interagisce soltanto con cinque persone: assistente, responsabile delle risorse umane, direttore amministrativo e due consiglieri che sono con lui dal 2007 quando hanno fondato la società d'informatica diventata in meno di dieci anni leader nel settore sicurezza. Nessuno degli avvocati che lavorano per lui l'ha mai incontrato. Nessuno ha ricevuto un invito a pranzo/cena/ aperitivo.

Capitolo food: mangia in ufficio, come confermano le consegne di Foodora e Deliveroo. Qualche volta l'assistente gli porta un hamburger o un'insalata dalla mensa. La cucina non gli interessa. Riduce tutto a una quantità sufficiente di carboidrati e proteine. Ci risulta che abbia provato il Soylent, un assurdo beverone sostitutivo molto in voga nella Silicon Valley pensando anche di commercializzarlo. Ma in Italia è difficile. Avete presente la pizza? Gli spaghetti sciuè sciuè?

Capitolo sentimentale: zero. Non è sposato, non ha figli, non ha una fidanzata. Potrebbe essere gay, non lo sappiamo.

Capitolo immobiliare: mistero sulla residenza. Ha comprato uno degli appartamenti più grandi nel palazzo del Bosco Verticale, ma non ci abita. Gli infissi sono sigillati. È proprietario di una villa inizio '900 sul lago di Como, in fase di restauro, di una vecchia fabbrica di biscotti, potenzialmente un loft magnifico, un palazzetto storico a Venezia, in Campo Santa Maria Formosa. Capitolo vita sociale: assente. Incontrarlo è difficile, e credetemi, ci abbiamo provato. È iscritto alla palestra "Virgin" di Corso Como, dove nessuno l'ha mai visto. Idem al Tennis Club Ambrosiano, e al Golf di Monza. È entrato negli "Amici della Scala" che finanzia generosamente, ma non è andato a una prima, sostiene "Medici Senza Frontiere", "Greenpeace" e varie associazioni Lgbt. Per quello, si sa, basta un versamento. Si sposta con voli privati o elicotteri. Fa shopping on line, e ha due negozi che gli recapitano regolarmente abiti completi e maglioni a girocollo taglia 48. Se non vanno bene, li fa restituire. Numero di scarpe: 45. L'anno scorso ha avuto il premio "Innovation Under 40" e lui che cosa ha fatto? Non solo non si è presentato, ma ha mandato a ritirarlo la centralinista (Lucia Passi), una cara ragazza piuttosto imbarazzata dalla situazione che ha letto un breve messaggio di ringraziamento. La giuria si è offesa a morte, Minelli ha risposto con una formale lettera di scuse, e ciao.

Capitolo assunzioni (i dipendenti sono 347): strano. Il capo delle risorse umane, Marco Rovere, ha criteri di selezione poco ortodossi. Porta il candidato a giocare a tennis o lo sfida a un videogioco tipo "Just Cause" o anche più violento, mangiano sushi insieme, commentano i giornali, poi tira fuori un computer e gli chiede di craccare un sito.

Certe volte lo mette in competizione con il giovanissimo responsabile dell'area Cyber Security, un mezzo genio che tutti chiamano Linus.

Non sempre premia i più veloci. Ma qui confermo che abbiamo raccolto i pettegolezzi di chi non ha avuto il posto. Il più ovvio è che David Minelli non voglia essere fotografato a causa delle cicatrici sul viso dovute a un incidente del quale non abbiamo trovato traccia. Il meno ovvio è che soffra di qualche disturbo psicologico, interpretazione per la quale propendono i suoi, molto più vanitosi, concorrenti.

Noi di "Vite Digitali" abbiamo deciso di raccontarlo come un romanzo a puntate. Ogni volta che troveremo qualcosa, la pubblicheremo, anche a costo di essere invadenti. È un punto d'onore.

Mara Mars
vitedigitali.com

L'ascensore

Nonostante i tacchi alti, Olivia volò nell'ascensore che stava per chiudersi come un soffio di vento, ignorando lo stop della reception. Era in ritardo. Capelli castano cioccolato raccolti in una coda disciplinata, occhi cobalto, tailleur grigio-professionale. Età: meno di trenta. Taglia: small. Era sottile, ma non poteva pesare meno di quarantacinque chili. Troppi comunque, pensò David. Appoggiato alla parete di vetro nero, nella penombra dell'ascensore, con il cappuccio della felpa tirato sulla fronte per nascondere il viso, cercò di fermarla: «Deve prendere l'altro. Questo va soltanto al settimo piano».
Lei: «Perfetto, è lì che mi aspettano. C'è una riunione con "Bird, Leyland & Partners". Olivia Manera, avvocato». E sfiorò il numero sette sulla pulsantiera digitale mentre partiva *Aria sulla quarta corda* di Bach.
David avrebbe potuto spiegarle che nessuno, a parte lui, era autorizzato a prendere quell'ascensore. Era tarato per il suo peso con un'oscillazione di dieci chili, e si sarebbe fermato nove secondi dopo la partenza. Non che fosse mai successo. L'avrebbe scoperto.

Nei successivi cinque secondi notò la bocca disegnata da un rossetto corallo, il seno (una terza?), i polsi minuti e il punto luce al centro della gola.

Poi, senza scosse, l'ascensore si fermò.

«Siamo bloccati?».

«Ci tireranno fuori tra un attimo».

David appoggiò il pollice su una minuscola freccia rossa per attivare la comunicazione dall'interno: «Ricky, sono fermo tra il secondo e il terzo con l'avvocato Manera. Vuoi riportarci giù per favore?». La voce, leggermente metallica, sembrava preoccupata: «I comandi non rispondono, sta arrivando Linus, risolverà tutto lui».

«Tra quanto?».

«Quindici minuti al massimo».

Questa era una delle fantasie di David. Chiuso in ascensore con una sconosciuta. Ma la realtà era diversa. Sempre. La realtà era che stava per avere un attacco di panico. Si sentiva paralizzato, senza ragione. La gola secca, il sudore freddo, il senso di vertigine come se stesse guardando dentro un pozzo di abissale profondità, la voglia di urlare e l'urlo che non usciva. Non gli capitava da tre anni. Scivolò lungo la parete, finì rannicchiato in un angolo sul pavimento dell'ascensore, mentre tentava di contrastare l'angoscia con un esercizio mentale di mindfulness. La ragazza lo guardò incuriosita: «Soffre di claustrofobia? Posso fare qualcosa?». Preoccupata più che altro per la sua riunione tirò fuori il telefono: «Avviso il mio capo. Non vorrei creare problemi. Oggi abbiamo il primo incontro con David Minelli».

«Non credo che verrà» sibilò lui, «lo sa che lo chiamano l'Uomo Invisibile?».

Scuse

Era andata malissimo, cazzo. Peggio di così non era possibile. Arrivati al piano, le guardie di sicurezza le avevano intimato di allontanarsi dall'uomo rannicchiato nell'angolo dell'ascensore, che purtroppo era David Minelli. L'avevano scortata alla reception in modalità terrorista - era stato surreale - poi accompagnata al settimo e rimproverata come una liceale. Alla riunione si era presentato un noioso legale interno: avevano discusso per tre interminabili ore di competenze, di credenziali, di due diligence, del cliente che voleva un'interfaccia ventiquattrore su ventiquattro.

La stessa offerta era stata fatta ad altri tre studi professionali. La decisione sarebbe arrivata prestissimo. Durante l'amichevole chiacchierata nessuno aveva chiesto la sua opinione. Se non avessero avuto il contratto, avrebbero detto che era stata lei a dare un'impressione di scarsa professionalità. L'ambiente legale è maschilista, formale, competitivo. Forse, pensò Olivia, non è adatto a me.

Mentre gli altri prendevano i cappotti e si avviavano verso il parcheggio, era uscita sul terrazzo. Uno straordinario giardiniere aveva fatto crescere alberi di oleandro, pitosfori, gelsomini e forsizie di un giallo abbagliante che cominciavano a fiorire.

Aprì un cancelletto e si trovò davanti alla piscina coperta da un telo verde. I rami di un'edera gigantesca si allungavano ovunque. Non c'era nessuno. Stava per accendere una sigaretta quando sentì un rumore alle sue spalle. Un passo. Una voce con un leggerissimo accento americano.
«Non si volti, per favore».
«Perché?».
«C'è troppa luce. Le piacciono gli horror?».
«Non direi».
«Ecco. Resti lì. Sono Minelli. Volevo chiederle scusa. Il capo della sicurezza è molto protettivo nei miei confronti. Più di una volta qualcuno - blogger, giornalisti - ha cercato di dare un'occhiata in giro, niente di preoccupante, ma nessuno era mai arrivato al mio ascensore. Sono stati bruschi e mi spiace. Non sono capace di scuse tradizionali. Non le manderò fiori e non la inviterò a cena, ma ho appena chiamato il suo capo e gli ho dato il lavoro. Gli ho detto che ho apprezzato la sua grinta, parola che detesto, e la sua intraprendenza. Immagino mi avesse googlato e volesse vedermi da vicino, mi è sembrata intelligente. Ho preteso che sia del team. Le auguro di fare un buon lavoro. Non ci vedremo, ma lo saprò».

Olivia frenò l'impulso di voltarsi. «Grazie, mi sentivo già nei guai. Sta meglio ora? Che cosa le è successo?».

«Un attacco di panico. Non mi capitava da tanto tempo, credevo di esserne fuori e non penso sia stata colpa sua. Ma la prego di non parlarne con altri. Non vorrei vederlo scritto su *Vite Digitali*».

«Ci conti. Adesso vado».

Rimasero fermi, sul punto di dire ancora qualcosa. Olivia avrebbe voluto spiegargli che si era chinata su di lui quando l'aveva visto rannicchiarsi in un angolo, gli aveva posato una mano sul braccio e a quel punto era impossibile non notare il viso sfregiato su cui tutti raccontavano storie da thriller.

David avrebbe voluto chiederle: «Mi ha guardato in faccia? Che cosa ha pensato?». Ma nessuno dei due aprì bocca precipitando in quattro lunghi minuti di silenzio. Poi Olivia trovò il coraggio: «È difficile portare quelle cicatrici, capisco, ma conta come si vive. Conosco una ballerina senza braccia e un campione sudafricano che corre con una protesi».

«Non so come se la cava la sua ballerina senza braccia ma Oscar Pistorius ha sparato per sbaglio, sostiene lui, alla fidanzata. Le sembra un buon esempio?».

Olivia si voltò. Fedele alla sua fama, l'Uomo Invisibile era sparito.

Divano

«Perché hai scelto il divano stavolta?».

«Non so, è comodo».

«Perché hai voluto vedermi oggi? Non era il tuo giorno».

«Chi sa tutto di me? Nessun altro. Attacco di panico in ascensore. Mal di testa feroce. Nausea. Vomito».

«Racconta».

«Una ragazza, in realtà un avvocato che aveva una riunione al settimo si è infilata nel mio ascensore. Siamo rimasti bloccati».

«Non volevi ti vedesse in faccia».

«No, in effetti».

«Parlami di questa ragazza-avvocato».

«Non so niente. Si occupa di proprietà intellettuale».

«Non volevo sapere questo».

«Vuoi sapere se ci voglio andare a letto?».

«Per esempio».

«Certo che no. Le Betty e le Vicky funzionano perfettamente come antiansia. Mi sento meglio, dopo».

«Il panico, allora?».

«Non me lo spiego».

«Non puoi continuare ad allontanare tutti. Non è materialmente possibile».

«Lo so».

«Dovresti provare ad avere relazioni più normali».

«Non con le Betty e le Vicky, intendi».

«Esatto».

«Cioè invitare a cena, mandare fiori, messaggini, e non scopare e basta?».

«Puoi metterla anche così».

«Ho affrontato sette operazioni per avere questa faccia. E tutti vorrebbero sapere che cosa mi è successo. Le Betty e le Vicky non fanno domande».

«Dimmi dei sogni».

«Sono un progresso?».

«Prima non dormivi senza sonniferi, sessanta gocce per cinque ore o mezza compressa delle pillole più usate dai suicidi. Non potevi andare avanti. Hai provato a scrivere i sogni?».

«Sì, sono sempre gli stessi. Fuoco e sangue. In uno sono legato a un tavolo d'acciaio e ho sopra un'enorme ascia che scende, come nel racconto di Poe. Quando arriva a tagliarmi continua e continua, perdo fiumi di sangue, ma non muoio. Il dolore è così forte che mi sveglio. E se mi riaddormento, ricomincia nello stesso punto. In un altro, inseguo qualcuno e gli do fuoco. Non so chi sia, se uomo o donna, ma nella mente mi risuona un nome: Mara Mars».

«Quella che scrive su di te?».

«Quella o quello. Non so chi sia. Potrebbe essere un collettivo come Luther Blisset, o uno dei miei collaboratori. Chiunque».

«Una Betty? Una Vicky?».

«Non credo. È un giro molto protetto. Hanno troppo da perdere tutti».

«Lara? Continui a sognarla?».

«Sì. La terra si apre sotto i suoi piedi, e la inghiotte. Sanguina, brucia, cade da un precipizio».

«L'hai perduta e non puoi cambiare il passato, lo sai».

«In uno dei sogni la ammazzo io».

«Non è orribile come sembra. Una parte di te cerca di uccidere il suo ricordo, di lasciarlo andare. Dovresti provare la terapia del sogno lucido e forse riusciresti a cambiare il finale. Che finale vorresti?».

«La salvo. Il resto non importa».

Lara

Era dolce. Era tenera. Era sveglia. Era incomprensibilmente esperta. Sapeva dove toccarlo e lo lasciava senza fiato come se non avesse fatto altro che studiare il suo corpo. Aveva ancora i tratti della bambina che era stata, ma riusciva a parlare come uno scaricatore di porto. Scopami, fottimi, ho bisogno di un grosso cazzo dentro. Era un ossimoro vivente, un'innocenza sguaiata. Pensava fosse perché era cresciuta senza madre in una casa di maschi, due fratelli, gli amici dei fratelli, il padre proprietario di un night, doveva aver sentito i loro discorsi.
Dopo aveva scoperto che c'era dell'altro, ma allora, quando usciva da scuola o dalle lezioni di danza e correva da lui, era pura vertigine che non poneva domande e non voleva risposte.
Nessuno sapeva di loro. Non l'aveva mai accompagnata a casa e mai era andato a prenderla, non avevano foto insieme, soltanto i suoi disegni, non erano mai andati a ballare o al cinema. Facevano sesso e non bastava mai, né a lei né a lui.

Anni dopo David avrebbe pensato a quei giorni come una specie di sogno dentro il quale Lara si era incarnata, una bambola perfetta, tutta vibrazioni e desiderio, e forse, da subito aveva cercato una replica nelle Betty e nelle Vicky, ma non c'era niente di paragonabile, qualunque cifra fosse disposto a pagare.

Lara aveva quindici anni e lui ventitré. Poteva denunciarlo, perché era minorenne e lo minacciava scherzosa, mentre alzava la gonna: «Ti costringerò a sposarmi». Non era stato il primo e avrebbe voluto esserlo, si chiedeva con chi e quando era successo. Lei rifiutava di parlarne e francamente non gli importava. Non c'erano state parole d'amore tra loro e neanche promesse, ma soltanto perché non erano necessarie.

I ricordi tornavano a ondate, specialmente dopo le sedute. Quella volta che aveva messo un profumo così forte da stordire. *Poison*, forse. O era *Angel*? Quella volta che era arrivata con un vestito a fiori e farfalle e sotto niente. La pelle di porcellana, i capelli tirati indietro sul collo tenero, gli occhi liquidi e la gonna che ondeggiava sulla spiaggia delle sue ginocchia. L'aveva coperta di baci estasiati, sfogliando i petali del vestito, mettendo in fuga le farfalle.

Quella volta che gli aveva chiesto: «Mi lascerai, ti stancherai di me?».

«Non ti lascerò, ovunque andrò ci andrò con te». Era la cosa più vicina a una dichiarazione d'amore che le avesse mai fatto. E poi: «Dovrai presentami tuo padre, prima o poi».

«Non ci penso nemmeno. È un gangster. Ti ammazzerebbe se sapesse che scopiamo».

«Ma dài. Tuo padre ha un night. Mi vuoi spaventare o impressionare?».

«Mio padre è gelosissimo. Quando andrò al college, il più lontano possibile, staremo insieme. Per sempre».

Sì, aveva detto «per sempre».

Era eccitante mantenere il segreto, fantasticare su quello che avrebbero fatto e come, mandarsi messaggi cifrati, aspettarla per ore, guardarla spogliarsi via webcam nella stanza piena di orsetti colorati. Ma David era abbastanza intelligente da sapere che non poteva durare. Qualcuno avrebbe capito, saputo, intuito.

Sabato mattina

Olivia salutò con un gesto il portiere di turno. Per fortuna lo conosceva.

«Buongiorno Ricciardi, sono l'avvocato Manera, ieri sera ho dimenticato un pacchetto, il regalo di compleanno per un'amica, l'avevo appena comprato. Se può mandare su qualcuno, deve essere sulla mensola all'ingresso della sala riunioni al settimo. Aspetto qui».

«Non c'è nessuno di sabato mattina e non posso lasciare l'ingresso. La faccio entrare e avverto il boss. Lavora sempre, lui. Vada pure».

Olivia salì. Trovò inquietante il silenzio degli spazi vuoti, come in certi thriller dove la malcapitata si trova di fronte un tizio incappucciato e molto cattivo che commette crimini spaventosi, poi vide il suo pacchetto argentato, lo prese e andò verso l'ascensore. Tempo impiegato: sette minuti.

David Minelli sentì i tacchi sul pavimento di resina, indovinò il passo. Uscì dal suo ufficio e la chiamò, non avrebbe saputo dire perché.

«Avvocato Manera?».

Olivia si voltò. Vedeva la sagoma in fondo al corridoio. «Ah, è lei. Buongiorno. All'ingresso mi hanno detto che sta lavorando. Ho dimenticato il regalo per la mia amica. Mi scusi l'intrusione».

«Si avvicini, o la spavento?».

Avrebbe potuto cavarsela con una battuta e andarsene subito, invece gli andò incontro. Aveva visto attorno a lui un manto di luce azzurrina, appena velata. Lo strano dono che l'aveva fatta sentire diversa, una rara forma di sinestesia, era tornato. Si fermò a un metro da lui con la borsa a tracolla e il pacchetto in mano.

Adesso David Minelli era di fronte a lei, con le cicatrici, i capelli che gli ricadevano sulla fronte come nei manga giapponesi, le due piccole rughe ai lati della bocca, gli occhi tristi e curiosi. Ma la attirava soprattutto l'alone pallido e vivo, un ventaglio che virava verso il glicine e il viola. Interesse. Desiderio.

«Allora, mi dica che cosa vede».

Naturalmente non poteva.

«Vedo un milionario workaholic che lavora di sabato mattina in tuta da ginnastica».

«E che altro?».

«Niente».

«Risposta esatta».

«Che cosa ho vinto?».

«Questo».

La prese per la vita, la spinse contro il muro, le sollevò il viso tenendole i pollici sotto il mento e la baciò, certissimo che avrebbe potuto beccarsi un'accusa di molestie o peggio, ma l'altro pensiero fu che trovava meravigliosa l'imprevedibilità di una sceneggiatura non scritta, qualunque finale potesse avere.

Le diede un piccolo morso al labbro inferiore, disegnò il contorno della bocca con la lingua, lasciò che l'onda del desiderio salisse implacabile, e accada quel che accada, decise.

Olivia si sentì attraversata da una dolce elettricità che non provava da tanto. Il regalo finì sul pavimento come la borsa e le sembrò di perdere coscienza di qualsiasi parte del corpo che non fosse la bocca, così accettò il bacio e ricambiò. Tirò un martello metaforico al grillo parlante interiore. Ovvio, le ricordava che quello era un cliente e la cosa non era per niente etica.

Rimasero a respirare lo stesso respiro per un tempo interminabile, poi David, senza staccarsi le sbottonò la giacca, la camicia bianca da brava ragazza, tirò giù le spalline del body e le poggiò i palmi sul seno cercando di ricordare com'erano i suoi gesti prima delle Betty e delle Vicky. A sorpresa gli vennero in mente altre carezze, reazioni diverse da quelle che conosceva. Era insolitamente piacevole.

Quando il cellulare suonò - era la telefonata che aspettava - avrebbe potuto far finta di non sentire, avrebbe voluto/potuto non rispondere e, invece si staccò dal bacio, mise in attesa l'avvocato cinese e sussurrò a Olivia: «Devo prendere questa chiamata, ma se fossi in te ne approfitterei per scappare. Te lo consiglio, non sai la fortuna che hai avuto. Finirò tra dieci minuti. Sarà meglio che io non ti trovi qui...». Le voltò le spalle, entrò nella stanza più vicina parlando un perfetto cinese. Olivia si riabbottonò in piena tachicardia, recuperò la giacca, la borsa, il regalo. L'azzurro era diventato grigio, venato di giallo. Ansia. Sospetto. Accolse l'invito alla fuga. Raggiunse velocemente l'ascensore dandosi della stupida. Che cosa le era successo? Era rimasta stordita dall'intensità di quel contatto carico più di sofferenza che di desiderio, o almeno così le era sembrato. Era stupita dalla scintilla accesa da qualche parte dentro di lei come nelle giornate di vento, quando ti elettrizzi e prendi la scossa. Intuiva qualcosa di oscuro, eppure il groviglio misterioso di emozioni che percepiva, la fonte di quell'azzurro, prima del grigio e del giallo, era irresistibile. Ringraziò mentalmente l'avocato cinese che non sapeva di far parte della storia e uscì correndo verso la sua vita di sempre.

Olivia

Era stata una bambina felice. Amata. Persa in un mondo di fantasie tutto suo.

Aveva avuto una madre adorante che le ricamava tulipani sulle gonne e mazzi di rose sugli abiti di organza. Ricordava le tiepide mattine di primavera in collegio dalle Serve della Divina Provvidenza, quando durante la ricreazione le "grandi" di terza media parlavano di ragazzi. Lei no. Lei era una sognatrice e c'era voluta una notte di sangue e mal di pancia per scoprire che l'infanzia era finita.

Però era rimasta immersa nelle sue fantasticherie e nei libri finché ovviamente non si era innamorata in quinta ginnasio di un compagno di scuola. Il primo bacio era stato umido, colloso, con sbattimento di denti e occhiali, il ragazzo che l'aveva ansiosamente palpata era concentrato sul misterioso rigonfiamento dentro i pantaloni riguardo al quale Olivia sapeva tutto, in teoria, ma la pratica è un'altra cosa.

Si era sempre sentita diversa, e sola. Ma provava a essere popolare, andava ai gruppi di studio, si era iscritta a un corso di chitarra. Un qualsiasi mercoledì, a sedici anni, era caduta dal motorino, una scivolata pazzesca e una botta contro il marciapiede.

Ricordava in modo vago ambulanza, ospedale, medici, madre in lacrime, padre incazzato (si era opposto con fermezza all'acquisto del motorino, considerava i motociclisti materiale per trapianti), un lungo sonno e un risveglio. La TAC era a posto, nessun danno, solo un grosso bitorzolo, una momentanea perdita di coscienza. Però qualcosa era successo. Aveva cominciato a vedere aloni colorati attorno alle persone: il ragazzo che le piaceva, una professoressa di chimica che invece la detestava, e ci aveva messo molto a capire che i colori le rivelavano le loro emozioni rispetto a lei. Nero, grigio, marrone: pessime intenzioni. Giallo-verdastro: ansia, ipocrisia, menzogne. Rosso: aggressività. Azzurro: fiducia. Viola: sentimenti intensi, passionali, desiderio. Arancio; serenità, amicizia. Si era spaventata.

La madre l'aveva portata da un certo numero di medici, e qualche stregone new age. C'è chi aveva tirato fuori la teoria dell'aura e chi aveva ipotizzato una rara forma di sinestesia (probabile), chi aveva dichiarato che quei colori non erano fuori, ma dentro di lei. Alla fine aveva rinunciato a capire. Non ne aveva mai parlato con nessuno, neanche con il padre, troppo preso da altro, e ora che sua madre si era perduta nelle paludi dell'ictus, ora che il suo cervello distrutto nemmeno la riconosceva, nessuno sapeva niente, ed era meglio così.

I colori erano stati per molto tempo una compagnia, una guida e una maledizione. Era uscita soltanto con ragazzi che avevano aloni azzurri o arancio, ma non per questo era andata bene. Trovarsi è difficile, capirsi ancora di più. A diciotto anni era ancora vergine e quando Andrea l'aveva trascinata nel suo letto una mattina d'estate (erano in vacanza, gli altri del gruppo erano usciti con la barca) e dopo il male cane c'era stata la delizia di quel tiepido, vellutato acciaio, l'incantesimo carnale che giustifica bugie, tradimenti e peccati impossibili da assolvere. All'epoca non si piaceva. Si guardava allo specchio, spietata: si dava un sette scarso.

Non era abbastanza alta, i tacchi non erano sufficienti, avrebbe voluto gambe lunghe e snelle. Poi era diventata meno severa, si era innamorata con leggerezza, senza impegno. Quando aveva seguito la luce arancio di Jacopo si era sentita rassicurata, ma nessuna sinestesia ti può garantire che l'attrazione duri più di un momento. La prova del miele è nella sua dolcezza. La prova dell'amore è nell'amore: un teorema impossibile da dimostrare.

Ora, i cosiddetti anni migliori se ne stavano andando nello studio legale prestigioso e disumano dove lei - un master in proprietà intellettuale, abilitazione professionale con il massimo dei voti - era ancora una rotella del mostruoso ingranaggio che aveva come unico scopo produrre denaro. Un fatturificio.

Dopo quattro anni non conosceva ancora tutti i partner, era diventata severa nel modo di vestire e di vivere. Jacopo aveva riportato l'adrenalina nella sua vita. Era stata una storia fulminante, imprevista, carica di ambiguità. Agguati in corridoio per strapparle un bacio, ore di attesa per portarla fuori a cena e un desiderio furibondo al quale era impossibile sottrarsi. Lui era forte, lei fragile ma coraggiosa. Non era durata. Avevano cominciato a litigare. Lui l'aveva liquidata con un messaggino per trasferirsi nella sede di New York. Non si erano fatti grandi promesse, in fondo era vero, si erano divertiti.

Lei ci aveva messo un eccessivo romanticismo, aveva fantasticato, specialmente quando erano andati al mare in moto, avevano trovato una spiaggia bianca, deserta, ed erano rimasti abbracciati senza parlare. Sua madre aveva espresso perplessità, ma era stata invitata a non intromettersi. Risultato: avrebbe voluto piangerle sulla spalla e si era trattenuta. Le aveva raccontato tutto, le aveva dato ragione quando non era più in grado di risponderle, di darle un consiglio.

Per reazione alla rottura, aveva rimorchiato. Ragazzi carini, uno che aveva respinto durante l'Università e incrociato a una festa, due sconosciuti arpionati su Tinder. Spalle, mani, gambe, lingua, respiri affannosi, sudore, sollievo. Avrebbe potuto definirla una sbornia di maschi durata quattro mesi, senza colori a guidarla. Non voleva niente, se non il calore di un altro corpo.

Dopo di che era tornata sobria.

Tutto quel desiderio, quel bisogno bruciante, ossessivo, di essere stretta tra le braccia di qualcuno, di qualsiasi qualcuno, era scomparso. Svaporato. Come se fosse stata vaccinata contro il virus dell'attrazione. Era andata in letargo. Il suo corpo si era chiuso come quelle gemme di camelia, dure, che contengono già il fiore, ma se la primavera è fredda non sbocciano mai. Si sentita una parete dipinta, una casa vuota, un inverno vivente.

Laghi gelati, neve, stalattiti ghiaccio conficcati dentro, in fondo. Per questo era rimasta sorpresa dalla velocità con cui, un sabato mattina, la banchisa era stata liquefatta dallo sconosciuto che aveva richiamato i colori delle emozioni. David Minelli, circondato da un metaforico recinto di filo spinato (meglio ancora: elettrificato) aveva qualcosa che lo rendeva diverso almeno quanto lei. Le cicatrici, certo. Un trauma più che evidente, ma chi non ne ha uno, nascosto in una stanza segreta?

Venerdì sera

«C'è una che dorme sul divano nella saletta blu».
Stefano, il capo della sicurezza, stava inserendo la videosorveglianza al settimo quando aveva visto la ragazza stesa sui cuscini nella piccola stanza accanto alla sala riunioni. David Minelli l'aveva immaginata per gli incontri meno formali. Un divano, due poltrone, un paio di tavolini Armani Casa, minimalistissimi, una macchinetta del caffè e una coppia di vasi giapponesi. In realtà non ci andava mai nessuno.
«Signor David, ho cercato di svegliarla, ma non ci sono riuscito, e scotta, credo stia male».
David entrò nella saletta blu. Era venerdì sera, le scrivanie erano vuote, i telefoni non squillavano. Che pace inquietante.
«Olivia?» la chiamò.
«Arrivo» disse lei, ancora con gli occhi chiusi.
Si avvicinò e le mise la mano sulla fronte. Stefano aveva ragione, era caldissima. La tirò su dolcemente. «Chiamiamo qualcuno? Tua madre? Tuo padre? Un fidanzato? Mi senti?».
Non rispondeva.

Cercò il telefono. Password? Frugò nella borsa alla ricerca di un documento, trovò la carta di identità. Come era prevedibile, data di nascita. Sbloccato il cellulare, guardò nella rubrica. C'era un *Dad*, il padre probabilmente.

«Pronto, signor Manera? Sono un collega di sua figlia, è al lavoro, e ha la febbre alta. Verrebbe a prenderla? Vuol sentire il suo medico?».

Arrivò una risposta imbarazzata: «Sono a Londra, ci vivo e non potrei prendere un aereo prima di domani pomeriggio. Non so chi sia il suo medico, non parlo con Olivia da quasi un mese, non siamo… molto legati».

«La madre?».

«Siamo separati da sei anni. Provi con la sua amica, Alina Del Re. Nel dubbio le direi di portarla in ospedale. Mi richiami per dirmi dov'è».

«D'accordo».

"Ciao sono Alina, se non rispondo, sono a ballare o sto facendo l'amore. Non disturbate per favore".

L'ultimo tentativo fu alla voce *mamma*.

«Casa di cura Villa Sant'Angelo».

«Mi scusi, la signora Manera?».

«Chi la cerca?».

«Sua figlia Olivia sta male, la signora può darmi qualche informazione sul suo medico?».

«Giuliana Manera non è in grado di parlare, mi spiace molto».

Provò con *Jacopo*: c'era accanto un cuoricino.

«Jacopo? Scusa l'orario, ma Olivia sta male, chiamo dal suo telefono. Sei a Milano? Potresti occuparti di lei?».

«Mi dispiace, bello. Olivia non ti ha detto che ci siamo lasciati? Che mi sono trasferito a New York?». David Minelli si rese conto che quella ragazza era sola come e più di lui, probabilmente aveva lavorato giorno e notte, forse aveva camminato sotto la pioggia per arrivare alla riunione convocata d'urgenza quel pomeriggio. Quando tutti erano andati via, si era buttata sul divano, sfinita. Decise di fare a modo suo, violando tutte le regole di autoreclusione che si era imposto.

«Stefano, chiama la macchina».

Prese Olivia tra le braccia, era leggera e calda, entrò nell'ascensore "pubblico", non il suo, e uscì nell'atrio. L'autista gli venne incontro, aprì lo sportello della Mercedes e lo aiutò a stenderla sul sedile: «Le metto su una coperta».

«Massimo, portami a casa, intanto chiamo Antonelli».

«Ciao Mario, sono David. Ho una ragazza febbricitante che mi è quasi svenuta in ufficio. Non trovo nessuno, la sto portando da me. Dalle un'occhiata. Se credi, te la mando in ospedale con Massimo. È uno dei miei avvocati e non vorrei averla sulla coscienza».

L'auto attraversò il traffico del venerdì sera reso ancora più caotico dalla pioggia. Milano impazzisce quando piove, non si trovano taxi e tutti prendono la macchina. Il venerdì sera è il nuovo sabato, pensò David Minelli. Lui aveva una Vicky quella sera. O era una Betty?

L'autista si fermò davanti a un alto cancello nel quartiere della Maggiolina.

Dietro, appena visibile c'era una villa Liberty completamente ristrutturata, un gioiello di vetro e pietra che luccicava sotto la pioggia. La Mercedes entrò in garage, e da lì l'ascensore arrivava direttamente in casa.

«La porto su io» si offrì Massimo.

«Grazie».

Il fagotto leggero chiamato Olivia passò tra le braccia dell'autista e venne depositato su un immenso divano bianco nel soggiorno gelido e perfetto tra sculture simmetriche e quadri astratti.

Blanca, la governante sudamericana rimase a bocca aperta: mai vista una ragazza lì. Stava per fare uno dei suoi commenti quando Minelli la fulminò: «Prepara una stanza da letto al primo piano, per favore».
«Certo signor David, e... ho il dottor Antonelli sul videocitofono».
«Bene, sbrighiamo questa faccenda».
Nella casa regolata dalla domotica, David ordinò all'assistente virtuale di aprire il cancello e il portone. L'intelligenza artificiale salutò: «Buonasera dottore, la aspettavamo».
Mario Antonelli era un medico old style con la borsa di cuoio, gli occhialini, la giacca con le toppe. Aveva visitato David in momenti molto difficili, aveva dubitato che riuscisse a liberarsi da dosi sempre più massicce di antidolorifici e sonniferi.
«Allora che succede? Che ha la ragazza? Ha preso droghe?».
«L'ho trovata così nella saletta blu. Insomma il padre è a Londra, la madre è ricoverata, la migliore amica non risponde, l'ex fidanzato lavora a New York».
«La visito, poi decidiamo».

David Minelli uscì in giardino. Amava la villa. Nessun vicino invadente, nessuna portinaia, nessun pettegolezzo. Con il giardiniere aveva parlato solo un paio di volte. Aveva tenuto alte le siepi di canfora e lasciato che i rami del faggio rosso toccassero terra coprendo la panchina di ferro battuto dove, nelle giornate di sole, cercava di disegnare. Non aveva mai portato una ragazza in quella casa perché non aveva una ragazza.

Con una Betty o una Vicky non avrebbe mai controllato la serra, passeggiato accanto alle spalliere di rose, preparato la colazione o scolato la pasta. L'intimità profonda che aveva con loro - scambio di fluidi, condivisione di desideri segreti, lussuria - significava nessuna intimità.

Dalla finestra illuminata Antonelli gli fece segno di rientrare.

«Non è niente di grave. Mancanza di sonno. Influenza, è un virus che gira. Respira male. Ha la febbre alta, quaranta, ma niente che antibiotico e cortisone non possano curare. Le ho fatto un'iniezione, lascio la ricetta per altre cinque, una ogni ventiquattro ore. Torno domani. Se la febbre non scende, chiamami. Se riesci, falle prendere un brodo di verdure».

«Resta qui?».

«Non è il caso di portarla in ospedale. Magari nel

frattempo puoi rintracciare qualcuno, un amico, un parente».

Eccolo il suo venerdì sera. Chiamò per annullare l'appuntamento con Vicky (era una Vicky, sì) e guardò Olivia sul divano. Blanca l'aveva coperta con un plaid e le aveva tolto le scarpe. Gli ricordava *La Muta* di Raffaello, il quadro che l'aveva colpito durante la gita scolastica a Urbino, quando pensava ancora di studiare arte. Occhi pensosi, malinconici, sopracciglia sottili, labbra sigillate. Gliele sfiorò con il pollice, seguì con l'indice il contorno regolare del viso, un ovale straordinariamente simmetrico e per la prima volta dopo molto tempo pensò di disegnare qualcuna che non fosse Lara.

Ma c'era altro. Un germoglio di desiderio. Lo coltivò per un attimo, ma decise di stroncarlo prima che le sue fantasie gli imponessero di essere realizzate.

Blanca preparò il brodo per lei e un filetto per lui, tirò su Olivia, la imboccò, la guidò al primo piano, la spogliò, la mise a letto, chiuse la porta. Le spazzolò e stirò i vestiti. Recuperò una T-shirt e un kimono per quando si sarebbe svegliata.

Prima di chiudersi nello studio per parlare con Linus, il suo alter ego informatico, David Minelli impartì gli ultimi ordini all'assistente virtuale: «Ciao H21. Inserisci gli allarmi in giardino. Chiudi le persiane e la saracinesca del garage. Ferma l'irrigazione: ha piovuto. Metti il *Notturno numero 12* di Chopin e spegni tutto alle due.».
Cinque minuti dopo le note del pianoforte riempirono il salone.
Era il momento che preferiva, era allora che i numeri si organizzavano nella sua mente e ogni cosa diventava un'equazione risolvibile, un algoritmo di previsione che gli diceva che cosa andava fatto.

Risveglio

Olivia si svegliò in una stanza da letto immensa. Posato sulla poltroncina imbottita di fronte a lei c'era un kimono con un ricamo di draghi verdi. I suoi abiti erano appesi a una gruccia. Impiegò un po' a capire dove era e perché. Ma certo. In casa di David Minelli. Aveva la febbre. Le girava la testa. Si alzò, i piedi nudi sfiorarono il parquet intarsiato. La porta a vetri si apriva su un bagno lussuoso, la vasca di Philippe Starck e una doccia di design con una tastiera digitale per scegliere intensità e temperatura.
Ci mise un po' a capire come funzionava, aprì le boccette di bagnoschiuma, ne scelse uno alla rosa damascena e si tuffò sotto il getto bollente. Si avvolse nell'accappatoio di spugna, misurò la febbre (il termometro era sul comodino), asciugò i capelli, cercò il telefono. Non c'era. Mise il kimono e sbirciò fuori.

La camera dava su un corridoio e accanto c'era la scala. Scese piano, a piedi nudi, guidata dalla voce che cantava in spagnolo una vecchia canzone di Julio Iglesias, *si me dejas no vale.* Blanca le andò incontro: «Buongiorno, tutto bene? Sarei salita a chiamarla, tra poco vado via. Avverto il signor David». La lasciò nel living pensato per essere fotografato, il divano Pack, un pezzo di Antartide, un orso polare, i quadri -scultura di Kris Ruhs (li aveva comprati al metro) una chaise longue di Cassina, sedie di cuoio di Vico Magistretti, due enormi mazzi di tulipani che sanguinavano petali rossi sul tavolo di cristallo.

David Minelli arrivò quasi subito. «Come va la febbre?».

«Trentotto e mezzo».

«Bene, era quaranta! Più tardi arriva Antonelli, il medico che hai visto ieri».

«Sono un po' suonata. Mi sembra di perdere l'equilibrio».

«Vuoi telefonare? Il tuo iPhone è qui, sotto carica. Ci sono varie chiamate, mi pare». Non disse che aveva fatto un back-up, non sai mai con chi hai a che fare.

«Sì, appena sto meglio».

La accompagnò sul divano-isola e le consegnò il telefono. La fece stendere con la testa appoggiata sulle sue ginocchia mentre scorreva l'elenco delle chiamate. Dad otto, Jacopo una, Alina tre. Il suo capo allo studio, sette.

Era una situazione insolita per lui. Poteva sentire il profumo del sapone alla rosa e quasi il battito del cuore nel silenzio della casa. Posò la fronte sulla sua. «Sei calda. Forse dovresti tornare a letto». Profilo contro profilo incontrò la sua bocca. «Ho voglia di te. Da quella mattina in ufficio. Un mese fa».

«Mi hai consigliato di scappare».

«Era un buon consiglio».

«Perché?».

«Guardami».

«L'ho fatto».

«Guardami bene. Sono danneggiato. Fuori e dentro. Non è solo pelle. È tutto il resto. È l'anima. Ammesso che io ne abbia una, e non credo che l'anima esista. Siamo solo questo, carne, sangue, numeri, genetica».

«Che cosa stai cercando di dirmi?».

«La verità. Non ti tocco, se non vuoi, ma se vuoi, è a tuo rischio e pericolo».

«A mio rischio e pericolo».

La sfiorò con una dolcezza insolita per lui tenendole la testa tra le mani. Slacciò il kimono, sentì il tonfo del telefono sul pavimento. T-shirt e jeans finirono in un groviglio che sembrava osceno nel candore del salone.

Scivolò in avanti per baciarla prima sulla bocca, poi sul mento, sulla gola, dove pulsava una piccola vena, senza trovare resistenza sentendola febbricitante e arrendevole sotto le sue labbra.

Si aspettava di essere fermato, e non accadde. Andò a cercare il luogo misterioso dove la vita comincia, che non è misterioso, alla fine, il luogo che puoi chiamare in molti modi, poetici o volgari, passera, fica, potta, mona, topa, ma sono modi per esorcizzare la paura di essere ingoiati da una divinità sulla quale non hai alcun potere. Sapeva di alghe, di telline appena raccolte sulla spiaggia quando era bambino.

Infilò la lingua dentro di lei in profondità e soltanto dopo aver toccato un punto nascosto, diverso in ogni donna, sentì un suono antico che somigliava a un acuto musicale, un canto di sirena prigioniera. Si spostò ancora più avanti e le chiuse la bocca con il suo desiderio.

Poteva respingerlo, invece l'abbracciò con le labbra, nella posizione giusta, senza fargli sentire i denti, accogliendolo, provocandogli deliziosi brividi. Normalmente non perdeva il controllo, normalmente quello era un preliminare divertente, invece provò un attimo di smarrimento, e si svuotò come il ruscello che trova una gola imprevista.

La sentì sussultare, puntare i talloni sul divano candido e poi lasciarsi andare. Tremava. Tremava anche lui.

Rimasero a occhi chiusi, poi David si spostò per appoggiarle sul seno la guancia ferita, il massimo dell'intimità negli ultimi anni. Olivia sentì sulla pelle il disegno delle cicatrici. Ne aveva tante altre, come quei soldati delle squadre speciali che si vedono soltanto al cinema: paracadutati, straziati, torturati.

Che imbarazzo, pensò lui.

Avrebbe dovuto dirle qualcosa tipo scusa, oppure, è stato bello, oppure ho ancora voglia e tu?

Non era più abituato, gli mancava quel minimo di alfabeto sentimentale, quella capacità di entrare in contatto che era stata naturale e bellissima ed era andata perduta insieme al fuoco e al sangue.

Che imbarazzo, pensò lei.

Avrebbe dovuto dirgli qualcosa, tipo mi è piaciuto

oppure forse non dovevamo, ma era una situazione talmente nuova. Avrebbe dovuto chiedergli: chi sei davvero? Invece sussurrò: «Ho fame». E lo guardò mentre si rivestiva e andava ammantato di viola verso la cucina.

In cucina

«Riguardo a quello che è successo...» cominciò Olivia allacciando il kimono.

«Cioè?».

«Non so che cosa dire».

«Non c'è niente da dire. Adesso mangia. Caffè, tè, yogurt, biscotti? Blanca ha preparato i croissant stamattina presto. E qui c'è la sua marmellata di lamponi. Più tardi arriva Antonelli per vedere come stai. H21, metti *Something* dei Beatles per favore».

«Chi è H21?».

«L'assistente virtuale. L'ho chiamata così perché era il nome in codice di Mata Hari, una ballerina esotica, un'avventuriera fucilata come spia nel 1917. Ma quando sarà in commercio - ha ancora alcuni problemi - le cambierò nome. Queste scatole sono vere e proprie spie. Sanno tutto di noi».

«Altri disoccupati per colpa dell'intelligenza artificiale».

«Spiritosa. Per le spie ci sarà sempre lavoro. Adesso mangia, per favore». La guardò mentre divorava i croissant, beveva il caffè, assaggiava la marmellata di lamponi. Non vedeva inganno nei suoi occhi. Respirò profondamente cinque volte cercando di controllarsi. Aveva saltato una Vicky, era inquieto.

«Mi piaci, Olivia. Come ti chiamano gli amici?».

«Liv».

«Liv, che con una e diventa live. E tu…c'è qualcosa che vorresti chiedermi?».

«Non faccio conversazione con la bocca piena».

«Allora parlo io. Jacopo è un cretino».

«Da che cosa l'hai capito?».

«L'ho chiamato. C'era un cuore accanto al suo nome, credevo fosse il tuo fidanzato. Ho chiamato tuo padre, lui e la tua amica Alina. E sì, cambia la password del telefono».

«Chi è la spia?».

«Stavi male e non c'era nessuno a prendersi cura di te. Strano che sia stato proprio io. Nemmeno mi conosci».

«Non credo che tu voglia farti conoscere».

«No, in effetti. E assicurami che non hai niente a che fare con Mara Mars».

«Mara Mars? Io? Sono un avvocato. Se anche le avessi, sarebbero informazioni riservate. Come ti viene in mente?».

«Paranoia. Scusa. Puoi farmi una domanda».

«Che cosa ti piace di me?».

Curiosa coincidenza, pensò David Minelli anche se non credeva nelle coincidenze. I tuoi occhi, avrebbe voluto dirle, hanno un colore così strano. La tua bocca. Il tuo seno perfetto. Il modo in cui aggrotti la fronte. Il fatto che somigli a un certo quadro. Invece disse: «Se hai finito di mangiare, vieni su con me e te lo dimostro».

Con un morso di croissant ancora in bocca lo seguì ipnotizzata al secondo piano. Letto con materasso altissimo appoggiato a una parete dipinta con gigli e foglie color crema, tappeti kilim sbiaditi, una copia della Nike di Samotracia in resina. Via il kimono, via la T-shirt. Le prese una mano, se la poggiò sul petto, a destra.

«Tocca qui. Questa è una coltellata. Ne ho altre ventuno, nessuna mortale, puoi contarle. Alcune si vedono poco, altre di più. Forse le meritavo, forse no».

«Chi è stato?».

«Questo è uno dei miei segreti. Ma ogni taglio mi ha tolto qualcosa. Non tornerò mai tutto intero, Liv. Pensi di potermi accettare così come sono?».

Olivia non rispose. Posò le labbra sulla cicatrice. Era strana, ondulata, come la traccia lasciata da un serpente. Si sarebbe data una giustificazione: la febbre, forse, un virus, ma dopo. Quell'uomo aveva il potere di scatenare in lei sensazioni sommerse. Desiderio allo stato puro. Abbandono.

Le affondò le mani nei capelli e la spinse verso il letto, le bloccò i polsi sulla testa e cominciò a baciarla e frugarla ovunque come se tutto quello che sapeva sulle donne, quello che aveva sperimentato con Lara, le Betty e le Vicky alla fine l'avesse portato a quel momento. Entrò profondamente dentro di lei con un misto di brutalità e tenerezza guardandola mentre sentiva di avere un potere assoluto che stavolta non era giustificato né dai soldi, né dal copione che aveva scritto. Accelerò e rallentò fermandosi a riprendere fiato come in una scommessa con se stesso e, a differenza di tutte le altre donne senza nome e forse anche senza volto che aveva avuto, si concentrò su di lei senza ascoltare i suoi ti prego, la portò all'orgasmo, una, due, tre volte, finché non la sentì scivolosa di sudore e lacrime, finché non rimase più niente della sua identità razionale, e soltanto allora la inondò con il suo seme sterile, la tenne stretta fin quasi a soffocarla e si stupì del singhiozzo che sentiva perché non veniva da lei, ma da lui.

Per un lungo attimo di tempo sospeso provò paura e straniamento. Aveva perso i confini della sua fisicità: le sensazioni che provava lei erano anche sue, e le sentiva come se fosse arrivato al punto di fusione, due corpi in uno solo, un unico flusso di pensieri. Inaspettato arrivò il sonno.

Fuoco

Quella sera Lara era felice. Aveva la sua Toyota e il permesso di guidarla. Aveva compiuto sedici anni, preso la patente, strappato un sì per accompagnare un'amica più grande in California alle sue spring breakers, le vacanze di primavera. Era tornata orgogliosa del piccolo tatuaggio con l'orchidea nera sul polso. Voleva andare a una festa, anzi a una specie di rave, era euforica e gli aveva sventolato davanti agli occhi una bustina di crystal meth. Una bomba, avrebbero ballato e fatto sesso tutta la notte. Ufficialmente dormiva da un'amica, non avrebbero avuto un'altra occasione tanto presto.

Erano in macchina, e stava cominciando a piovere quando Lara aveva ingoiato la pillola. Avrebbe voluto fermarla, era sempre stato sospettoso sulle droghe, il suo massimo era qualche canna. Detestava la perdita di controllo, di lucidità, ma non poteva resisterle. Domandò da chi aveva avuto quella roba, si sentì chiamare "bacchettone", che importanza aveva lo spacciatore?

Era un compagno di scuola che aveva un laboratorio in cantina. Meth di prima qualità. Garantita. E gratis. Per convincerlo gli aveva tirato giù la zip dei pantaloni e gli aveva succhiato l'anima.

Quando rivedeva la scena - lei gli prendeva la mano e gli posava la pillola sul palmo, lui la mandava giù, gli sembrava la famosa scena di *Matrix* - non riusciva ad assolversi. In fondo era l'adulto. O forse non lo era ancora, preso in quella meravigliosa ragnatela di desiderio. «Però queste le tengo io» aveva detto mettendosi in tasca le pillole, «non voglio che ne prendi altre».

Al rave o quel che era, non sarebbero mai arrivati. David aveva cominciato a sentire crampi allo stomaco, calore, nausea e batticuore e le aveva chiesto di fermarsi: «Rallenta, rallenta, ti prego, devo respirare».

Lara aveva frenato ridendo sul ciglio della provinciale, bordato di erba e umido per la pioggia. Lui era caduto in ginocchio tremando e aveva vomitato schifezze travolto dall'angoscia, spaventato dalla tachicardia.

Lei invece era su di giri, e rideva troppo. Sospettò che avesse già sniffato o fumato qualcosa. «Riprenditi, vado avanti e sistemo meglio la macchina, qui non posso stare».

L'aveva vista partire a strappo con la coda dell'occhio, sbandare al rallentatore e andare a schiantarsi, fuori strada, oltre la curva, contro un masso. Il rumore del metallo era stato pazzesco mentre la Toyota si piegava su un fianco.

Si era alzato in piedi, si era trascinato per una quindicina di metri, era scivolato ed era rimasto in ginocchio. Troppo lontano, ma abbastanza vicino per avere la coscienza esatta di quell'assurdo fuoco d'artificio, del momento in cui l'auto prendeva fuoco, i capelli di Lara bruciavano, Lara bruciava gridando e chiedendo aiuto, bloccata dentro la macchina, e in ogni suo sogno, ma forse era anche la verità, bruciava sotto la lieve pioggia per un tempo interminabile. L'ultima parte di lei a prendere fuoco era stata la mano appoggiata sul finestrino nel disperato tentativo di spingere lo sportello, mostrando al nulla che stava per inghiottirla, la piccola orchidea nera tatuata sul polso.

Chimica e fisica

Erano seduti di fronte. Blanca era tornata e aveva apparecchiato per due il tavolo da pranzo. Porcellana, argento e sushi ordinato da *Nobu*. Olivia stava meglio, si era vestita, cercava di riordinare le idee e concentrarsi sulle increspature azzurre che circondavano David Minelli.

«Sai che cosa faccio di solito il sabato sera?».

«No, ovvio».

«Lavoro. Oppure vado a letto con una ragazza. Una diversa ogni volta. Da molto tempo».

«Ho sconvolto la tua routine».

«Puoi dirlo forte. Ma lo rifarei. È la cosa migliore che mi sia capitata da non so quanto. Voglio continuare a vederti».

«Però?».

«Non mando fiori, non guardo i tramonti, non festeggio San Valentino. Solo chimica e fisica».

«E le tue ragazze del sabato?».

«Sono ben pagate».

«Prostitute?».

«Escort. Che c'è di male? Reciproca soddisfazione, ciascuno ha quello che vuole. Soldi per sesso».

«Pensi di staccare un assegno anche per me?».

«Se credi».

«Quanto valgo?».

«Decidi tu la cifra, se ti vuoi dare un prezzo».

Olivia cercò di alzarsi con uno scatto di rabbia, lui la fermò. La sua stretta era incredibilmente forte.

«Non offenderti. So che sei diversa. Non era previsto che entrassi nella mia vita, vedessi la mia casa, mangiassi sushi alla mia tavola. Chiuderei subito la parentesi se non fosse successo qualcosa. Ho dimenticato la mia faccia, i segni dei coltelli. Ho dormito senza incubi. La mia analista sarebbe molto contenta. Anzi, glielo dirò».

«Non capisco che cosa vuoi».

«Sì che capisci. Ti è piaciuto stare con me. Possiamo rifarlo. Senza complicazioni. E…».

«Cosa?». «Hai mai visto *La Muta* di Raffaello?».

«No».

«Ti somiglia. È così assorta e indecifrabile. Mi piace questo di te, per rispondere alla tua domanda. Sei severa eppure capace di lasciarti andare».

«Credo che tornerò a casa, sto meglio».

«Resta. Che cosa può succedere che non sia già successo? Ti farò scoprire cose di te che nemmeno immagini, ti insegnerò a chiedere quello che vuoi e questo forse ti servirà a far felice un altro quando avrai una famiglia, figli e amanti. Siamo solo corpi, siamo l'acqua che incontra un bicchiere per raccoglierla. È semplice».
Olivia continuò a mangiare in silenzio pensando ai suoi ex, ai film romantici che aveva immaginato di vivere. La situazione le sembrò strana ma non impossibile, non insensata. Aveva creduto nell'amore e si era sbagliata.
«Come funzionerebbe?». «Ci scriviamo, ci diamo un appuntamento quando vuoi tu, quando voglio io, quando non abbiamo impegni. Puoi vedere altri, se ti resta abbastanza energia, posso vedere altre, se ne ho bisogno. Smettiamo quando vogliamo. Te l'ho detto, è semplice».
«E per il lavoro?».
«Sarà il nostro segreto».
«Devo pensarci».

«Ma intanto resta. Ho mandato Blanca a prenderti un paio di vestiti, biancheria, pantofole, insomma quello che serve, li troverai in camera. Lunedì mattina ti faccio accompagnare in studio. Ti chiamerò. Se non hai voglia di rispondermi non farlo, se non hai voglia di rivedermi scrivimi *X*. Ti ho messo un mio numero in rubrica con le iniziali *DR*».

«Come dottore?».

«No, come David Rossi. Il cognome che avevo prima di essere adottato da mio zio».

Si alzò, si mise alle sue spalle e le massaggiò delicatamente il collo («sei contratta, lo sapevo»), si piegò su di lei come per baciarla, invece le sussurrò sulle labbra: «Dormi con me stanotte?».

Olivia pensò un "no", eppure non riuscì a dirlo.

Domenica

Mezzogiorno: possibile? Mezzogiorno di domenica. Quanto aveva dormito? I ricordi uscivano dalla nebbia del sonno e la afferravano. Sentiva un indolenzimento piacevole per come aveva permesso a David di voltarla e piegarla, di plasmarla con le mani, la testa in giù, oltre la sponda del letto e le gambe in alto perché lui potesse entrare ancora più in fondo, moltiplicando quella voglia che si espandeva in cerchi concentrici e la faceva sentire liquefatta.

Era un amante fantasioso e instancabile, divertito dal suo stupore. Le aveva chiesto di chiudere gli occhi e aprire la bocca: un cucchiaino di miele, un grano di sale, un cioccolatino, una fragola, due gocce di aceto. L'aveva cosparsa di zucchero a velo e leccata pazientemente, l'aveva presa tra le braccia e portata dentro a una grande vasca idromassaggio. Nell'acqua calda avevano fatto sesso tra le bolle di sapone, era stato intenso in maniera insopportabile.

Non avrebbe saputo dire da quale luogo sconosciuto era emersa quella sensualità, ma si era scoperta capace di salirgli addosso, di dominarlo, di imporgli il suo ritmo e di chiedergli «ancora». Vide un piccolo livido sul braccio, dove lui l'aveva stretta forte, si alzò avvolta nelle lenzuola di lino. Le persiane elettriche si mossero silenziosamente per far entrare il sole, una voce artificiale le diede il buongiorno.

Sul tavolino, accanto al termometro c'erano due grandi scatole. Le aprì. Un vestito a fiori di Gucci, lungo e fluido, biancheria di Agent Provocateur, un po' troppo sexy, complicata con lacci pizzi e stringhe, ma non volgare. Un biglietto: *"Sono in giardino"*.

David era seduto sotto il faggio rosso, in piena luce e non provava vergogna all'idea di essere guardato. Le prese la mano, la guidò nella serra, dietro la villa. Protette dai vetri, allineate su cinque gradini di legno, fiorivano un centinaio di orchidee, in cupe sfumature dal viola al nero. Al centro, un grande tavolo coperto di libri, disegni e colori. Tempere, oli, inchiostro di china. Schizzi. Il suo rifugio. Sulla parete in fondo, una rete maniacale di nodi che aveva la forma di un albero.

«Volevo portarti a pranzo a Parigi, ma ti sei alzata troppo tardi e avevi ancora la febbre stamattina, 37,9. Te l'ho misurata io. Come ti senti?».

Non aspettò la risposta. La accarezzò attraverso il vestito leggero. Le baciò le spalle, la gola e Olivia fu ancora una volta sorpresa da come il suo corpo si arrendeva, da come il desiderio volava da zero a cento.

«Mi piacciono le tue mani» disse lei.

«Mi piace toccarti» disse lui.

David spazzò via libri e disegni dal tavolo, la sollevò e l'appoggiò tra i colori.

La voleva disperatamente e ci mise un attimo a sfilarle il complicato intreccio di pizzi sotto il vestito, eccitato dalla profanazione del santuario dedicato a Lara. I disegni, le orchidee.

Olivia afferrò i bordi del tavolo mentre lui entrava ardente, senza preliminari e senza riguardo, chiedendogli di non smettere.

Scivolò indietro. Muovendosi schiacciò un tubetto di carminio con il braccio, una bottiglietta di inchiostro si rovesciò e uno schizzo rosso si allargò sul vestito arrotolato, gocciolò sul seno e sul fianco.

David sentì risalire l'angoscia, chiuse gli occhi per non vedere quello che sembrava sangue, il sangue di tutti i suoi sogni, di tutti i suoi incubi.

Sangue

Per alcune settimane dopo l'incidente non aveva ricordato che cosa era successo. Lo shock gli aveva provocato un irreale senso di vuoto nel quale era rimasto sospeso. Improvvisamente, una mattina si era svegliato con quell'immagine davanti agli occhi: Lara, il fuoco.
Ogni momento di quella notte spaventosa gli era apparso vivido e presente. L'ambulanza l'aveva portato via prima che i vigili del fuoco riuscissero a spegnere il rogo della Toyota. Gli avevano trovato il crystal meth in tasca e l'avevano analizzato. Dentro c'era di tutto, liquido antigelo, efedrina, etere, solventi casalinghi, acido solforico recuperato dalle batterie della macchina, persino insetticida.

L'interrogatorio era stato duro. Aveva convinto una minorenne a prendere meth? No. Chi era lo spacciatore? Lei aveva parlato di un compagno di scuola. Voleva incolpare la ragazza morta? No, no. Dove stavano andando? A una festa. Quale festa? Non lo sapeva esattamente. Perché era sceso dalla macchina? Si era sentito male. Aveva fatto sesso con Lara prima di salire in auto? No. Autorizzava l'esame del Dna? Sì. Aveva qualcosa da aggiungere? No, no.

Avrebbe potuto aggiungere che si sentiva responsabile ma sarebbe stato peggio.

Invece, come in qualsiasi banale copione, aveva chiesto un avvocato e chiamato Ruben, lo zio/padre. Lui e sua moglie Sara, che gli ricordava tanto sua madre con la testa circondata dai capelli mossi, ariosi, e gli occhi quieti, l'avevano difeso in tutti i modi.

L'inchiesta era stata lunga e sbadata, punteggiata da domande insistenti e orribili dettagli. Soprattutto le foto di Lara, devastata dal fuoco (dov'era il profilo delicato, il nasino a patata, dove erano le sue labbra carnose, la foresta dei suoi capelli?). La notizia che dentro, dove il fuoco non l'aveva consumata, aveva il Dna di un altro, non il suo, l'aveva raggelato. Il particolare che lo scagionava gli lasciava interrogativi che teneva per sé. Lara aveva fatto sesso con qualcun altro prima di raggiungerlo. Chi? Il fornitore di meth? Aveva già preso qualcosa? Avrebbe potuto salvarla? Ecco la vera domanda.

Le tracce della sbandata non erano state cancellate dalla pioggia. L'analisi del vomito confermava la sua versione. Lo spacciatore scolastico aveva confessato piangendo che il suo era soltanto un esperimento di chimica. Il poliziotto incaricato delle indagini gli aveva soffiato nell'orecchio: «Ti sei fatto la ragazzina, secondo me. Io al tuo posto, starei attento alla sua famiglia. Joseph e i suoi figli non hanno bisogno di prove».

Ruben e Sara lo spedirono da un amico strizza. Provò con l'Emdr, una terapia breve per attenuare gli effetti dello shock post-traumatico, come i veterani che tornavano dall'Afghanistan, poi con gli ansiolitici, ma a parte le sedute restava barricato in casa. Durante uno di quei giorni disperati aveva scritto l'algoritmo che l'avrebbe reso un uomo ricco, ma ancora non lo sapeva. Però stava meglio. E una notte decise di arrivare a piedi al distributore di benzina dove c'era un negozio che non chiudeva mai. Aveva bisogno di una birra.

La strada era deserta, la piazzola del distributore appena illuminata. Uscì con una confezione da sei lattine e attraversò per tornare a casa. Un braccio si materializzò dal buio, lo afferrò da dietro e gli strinse la gola.

«Tu hai ammazzato la mia bambina. Era mia, capisci? Te la scopavi e la drogavi. Perciò morirai, ma non subito. Lentamente, come lei. Sono stato nell'esercito, e so come colpire. Io e miei figli ti lasceremo a dissanguarti sul ciglio della strada. Occhio per occhio».

Sentì il primo colpo alla schiena, poi arrivarono gli altri. Tentò di difendersi, e una lama seghettata affondò nella guancia. Tre uomini, tre coltelli diversi. A differenza di Lara, bruciata al rallentatore, tutto fu velocissimo.

Steso per terra, immobilizzato. Ventidue pugnalate scientifiche, assestate con freddezza. L'intensità del dolore era indescrivibile, ma non riusciva a svenire. Pregò il dio in cui allora credeva di far sì che tutto finisse, che arrivasse finalmente la pace.

Restò a occhi sbarrati, lamentandosi e attirando l'attenzione di una coppia che amoreggiava nel buio. Un camionista e una prostituta l'avevano salvato. Il seguito era confuso.

Ambulanza, medici, trasfusione, sala operatoria, perdite di coscienza e lampi di lucidità, coma farmacologico. Ruben e Sara, in un flash al suo capezzale.

Frammenti di frasi: «grave», «per miracolo», «reagisce», «fuori pericolo».

Il dottore che gli parlò, un giovane chirurgo di origine indiana, fu molto chiaro: era stato fortunato.

L'avevano acciuffato per i capelli e rimesso in sesto. Era colpito da come le coltellate non avessero perforato un polmone, un rene o il fegato. Però gli avevano tolto la milza.

Tre assassini molto stupidi, aveva commentato il poliziotto di turno leggendo il referto, tanta violenza per cinquanta dollari, un telefono e un orologio era ingiustificata, a meno che non fossero strafatti.

A differenza degli agenti che aspettavano di interrogarlo ancora, il dottor Rami riteneva che gli aggressori volessero ucciderlo provocandogli il massimo del dolore, e se era così, disse garbatamente, avrebbero cercato di "finire il lavoro". Per la sua esperienza in pronto soccorso e nell'esercito come aiuto del medico militare, riteneva che ci fosse un fatto personale. Il coltello seghettato aveva provocato i danni più gravi, soprattutto al viso. Ci sarebbero voluti molti interventi per potersi guardare allo specchio, ma i tagli erano troppo profondi. Non sarebbe stato possibile ripararli del tutto. Avrebbe dovuto abituarsi alla sua nuova faccia. Suggeriva una terapia psicologica di supporto.

Poltrona

«Niente divano stavolta?». «No, solita poltrona».

«Ti trovo bene».

«Ho visto una ragazza».

«Una del mondo reale?».

«Sì, l'avvocato».

«Quella dell'ascensore?».

«Quella».

«Ne vuoi parlare?».

«Abbiamo passato il weekend insieme. O le piaccio o è una grande attrice».

«Che cosa ti preoccupa?».

«Non ho controllo su di lei».

«Forse è proprio questo che ti interessa».

«No, mi interessa l'effetto che mi fa».

«Cioè?».

«Ho provato qualsiasi cosa potesse restituirmi le emozioni, farmi uscire dall'anestesia. Ma tutto si riduce a meccanica, fisica e chimica, per questo sono bravo a letto».

«Per favore...».

«Ho fatto sesso con lei. Ho dormito con lei. Senza incubi, senza sogni di fuoco e sangue».

«Perché secondo te?».

«Dovresti dirmelo tu».

«Ringrazia il cielo che non sia un'analista freudiana. Non ti risponderei nemmeno. Forse ti sfugge qualcosa. Forse il tuo sonno è una reazione a qualche misteriosa componente chimica che lei possiede. Forse pagare una donna perché realizzi le tue fantasie non è più una compensazione sufficiente. Hai bisogno di altro».

«Passione, dici? Amore?».

«Strano sentirti pronunciare questa parola. Non l'hai mai usata».

«Perché non ci credo. Ti ricordi del club Nabokov? In quelle ammucchiate furiose, catene, fruste, gangbang, orge, cazzi ovunque, ho visto solo il desiderio. Primordiale. Anonimo. Conosco solo questo. Posso definirlo, scomporlo. So di che cosa parlo».

«Dimmi qual è il tuo problema».

«Non ho idea del mondo reale. Non esco mai dalla mia fortezza. Ma lei ci è entrata da sola e ho lasciato che lo facesse. Non so come andare avanti».

«Se non è che questo, lo saprai».

"Nabokov"

La polizia non aveva collegato la "rapina" alla morte di Lara. David aveva dichiarato di non ricordare niente, ed era plausibile. Poteva finire sui giornali, e sarebbe successo se in quei giorni la cronaca nera non fosse stata monopolizzata da un serial killer che si faceva chiamare "Johnny il Rosso". Quando Ruben l'aveva riportato a casa, si era sentito perso.

Passava dagli ansiolitici agli antidolorifici, viveva in uno stato di stordimento permanente, aspettando, appunto, che venissero a "finire il lavoro". Al suo secondo padre aveva raccontato ogni cosa e per la prima volta da quando lo conosceva, aveva percepito la sua angoscia. Era un uomo gentile e di poche parole. Concreto. La sua decisione era stata definitiva: «Devi andartene. Torna in Italia. Sarai abbastanza lontano perché ti lascino in pace. Poi vedremo. Organizzerò tutto io».

Doveva ogni cosa a Ruben e Sara, lo sapeva. La casa a Milano, le tre prenotazioni diverse, la partenza con un volo privato, il contatto con il gruppo di venture capital che poteva aiutarlo ad avviare la sua start-up, il personal trainer, i soldi per cominciare. Solo, senza incontrare nessuno di persona, si era nascosto nel mondo felice dei numeri, aveva fondato la società, spostato denaro, trovato un socio che credeva ciecamente in lui e andava ovunque al posto suo.

Era cambiato, anche fisicamente. Addominali, pesi, esercizi durissimi l'avevano scolpito, avevano accentuato il suo fisico già potente, dando a chiunque l'impressione di una violenza trattenuta. Il viso era devastato ma poteva vantarsi della tartaruga, dei deltoidi, aveva pensato con crudele autoironia. Poi aveva affrontato la prima operazione.

Che il dolore fosse nel suo karma era sicuro, ma il livello di sofferenza era inaccettabile. Se il suo algoritmo non avesse funzionato facendo volare gli utili e creandogli attorno una specie di leggenda, forse una sera avrebbe preso tutto il flacone dei sonniferi e l'avrebbe finita lì.

Invece era un uomo di successo, e questo gli aveva dato il coraggio di provare la seconda operazione.

All'epoca applicava sugli sfregi una pellicola di silicone che, specialmente a una media distanza, poteva dare l'illusione di una guancia sana, ma non riusciva a sopportarla a lungo. Ne aveva provate diverse varianti, però gli facevano ribrezzo.

Nella saletta riservata del suo chirurgo era entrata una ragazza che chissà perché aveva deciso di rifarsi il naso, Elisabetta, Betty. Avevano flirtato, lei aveva notato il silicone e l'imbarazzo.

Come se fossero vecchi amici gli aveva offerto un grazioso biglietto dorato con su scritto in rilievo *"Nabokov"* e un numero di telefono: «Chiama a mio nome, chiedi di Betty 11. È un club che frequento. Molto riservato. Migliora l'autostima, credimi. La quota associativa è alta, ma puoi fare tutto quello che vuoi. Nessuno ti giudicherà, nessuno conoscerà mai il tuo vero nome».

Era rimasto sorpreso, anche se sapeva che sotto i vestiti, gli impegni, i cartellini da timbrare, le raccolte fondi e un certo puritanesimo c'erano desideri non sempre confessabili e sapeva che dentro la città della competizione e della meritocrazia c'era la città dell'istinto, dello scambio simbolico, del piacere e basta.

Il club era in una villa gotica immersa nella nebbia, fuori Milano. Location appropriata. All'ingresso, un simil-maggiordomo dall'aria severa prese i suoi oggetti personali e il telefono e li chiuse in una cassetta, poi gli consegnò un mantello, una maschera e un braccialetto con una chiave per la stanza degli "attrezzi": corde, vibratori, giocattoli erotici.

Una ragazza in abito da sera rosso lo prese per mano, come se si conoscessero: «Sono Patricia: è la tua prima volta vero? Ti spiegherò come funziona». Gli mise in mano un iPad, aprì una finestra: «Queste sono le stanze. Ogni colore, un piacere diverso. Sesso di gruppo, gangbang sadomaso, bondage, lesbo, gay, trans, sploshing. La freccia indica dove ti trovi. Buon divertimento». Scoprì che la maschera gli toglieva l'ansia. Che era incuriosito dalla varietà e dal ventaglio delle possibilità.

Dopo Lara qualcosa in lui si era raffreddato. Aveva bisogno di additivi. Quando aveva provato a scrivere un resoconto della serata, non aveva trovato le parole. Era stata la versione live di un film porno, sì, un luna park del sesso, tutti i gusti più uno. Ma era tornato.

Aveva mangiato panna e fragole sul seno di un'algida bionda. Aveva scopato per ore una bruna sexy con fantasie di stupro che gli aveva chiesto di essere immobilizzata al letto con polsiere e cavigliere di cuoio.

Betty 11 gli aveva insegnato a usare giocattoli come geisha balls di giada, butt plug, dildo di vetro e serpentoni in silicone anallergico per la doppia penetrazione. Si era applicato come un bravo studente.

Aveva scoperto che a molte donne piace il dolore, (l'area BDSM era tra le più frequentate) e aveva usato frustini, canne di bambù, paddle, più che altro per scaricare la rabbia.

Un master giapponese gli aveva insegnato vari tipi di legatura kimbaku e shibari, un'antica arte giapponese che aveva lo scopo di immobilizzare e terrorizzare i prigionieri, ed era diventato molto bravo. Legare la dorei, si chiamava così la donna, gli interessava più che scopare.

Era una sorta di controllo mistico, l'equivalente dei suoi calcoli matematici, dei bilanciamenti e degli equilibri, solo che li otteneva con sofisticati nodi erotici. Quando le slegava, alcune sembravano deluse che l'operazione non avesse scatenato desideri più violenti.

Al contrario, nelle sessioni migliori, David Minelli provava una pace interiore, un distacco raro nei confronti dei corpi che si agitavano.
Non era sempre così. Spesso era uno di quei corpi, e la pace non arrivava affatto.

Vite Digitali.
La strana coppia: David Minelli e Mata Hari

Sapete perché abbiamo faticato a trovare info su David Minelli? Perché non è il suo cognome o meglio non lo era. Tre giorni prima di compiere diciotto anni ha perso la famiglia in un incidente aereo. Allora si parlò di un missile, di un cedimento strutturale, di una bomba.
L'inchiesta è ancora secretata. Nella lista dei passeggeri c'erano Lanfranco Rossi, sua moglie Ester Ancona e la figlia Laura. Ma c'era per fortuna uno zio d'America, Ruben Minelli, che aveva sposato Sara, la sorella di Ester e aveva fondato a Boston la società di consulenza informatica ON-OFF.
Questo ragazzo rimasto solo non somiglia molto al David Minelli che conosciamo. I suoi ex compagni di scuola in Italia ricordano che era bravissimo in matematica, fissato con la tecnologia e a lui, durante le verifiche davano esercizi diversi dagli altri, più difficili, altrimenti si annoiava.

Aveva molte ragazze attorno, ma nessuna fissa. Ha dato la maturità ed è partito per andare a studiare in America. Alcuni l'hanno cercato, ma non si è fatto mai trovare. Al MIT si è laureato a pieni voti (ma questo nella sua biografia c'è). Borse di studio, premi, grandi speranze.

Lo zio Ruben che non aveva figli si è offerto di adottarlo e David Rossi è diventato Minelli.

Per un po' ha firmato David R. Minelli, poi la R è sparita come la sua vecchia vita.

Ora, diciamolo pure: un altro avrebbe usato la sua tragedia per uscire sui giornali, ci avrebbe scritto un libro, una storia di perdita e rinascita, si sarebbe convinto che tutto aveva avuto un senso. Viviamo o no nell'era della condivisione? David Minelli coltiva l'anonimato, per quanto è possibile.

È ossessionato dalla privacy. Il che fa pensare che abbia molti segreti, e forse qualche scheletro nell'armadio. Ops…, nella stanza dei server. Ma siamo in grado di dirvi che sta lavorando a un'intelligenza artificiale, un algoritmo capace di imparare dai suoi errori, in grado di rivoluzionare la domotica. Manderà in pensione gli smartphone e i tablet.

Un'assistente personale a comando vocale, molto più avanzata e umana di quelle già esistenti, poco più che giocattoli, prenoterà aerei, treni, ristoranti, visite mediche, tradurrà testi, accenderà elettrodomestici a distanza, potenzierà allarmi e videocamere.

Per ora il progetto ha soltanto una sigla: H21, il nome in codice di una famosa spia, meglio nota come Mata Hari. Ma la curiosità cresce. La divisione sperimentale "Cyber Security" ha studiato elettrodi simili a neuroni con superconduttori a niobio, che conducono elettricità

senza resistenza, riempiendo gli spazi tra i superconduttori con migliaia di nanocluster di manganese magnetico. Variando la quantità di campo magnetico nella sinapsi, i nanocluster possono essere allineati per puntare in diverse direzioni.

Ciò consente al sistema di codificare le informazioni sia nel livello di elettricità sia nella direzione del magnetismo, garantendo una potenza di calcolo maggiore rispetto ad altri sistemi neuromorfici, senza occupare spazio fisico aggiuntivo.

Le sinapsi possono trasmettere impulsi fino a un miliardo di volte al secondo - vari ordini di grandezza più velocemente dei neuroni umani - e usare un decimillesimo della quantità di energia usata da una sinapsi biologica.

È tutto molto tecnico e noioso, ma se le scoperte dovessero funzionare, Ararat scorporerà la divisione "Cyber Security" e la quoterà in Borsa con successo (questo è il business del futuro, ve lo assicuriamo) a meno che qualcosa del misterioso passato di David Minelli non possa danneggiarlo. Avremo aggiornamenti a breve.

Mara Mars
vitedigitali.com

Indagini

Promemoria per Stefano: devo sapere tutto su Vite Digitali. Chi ci lavora, come ricevono i documenti e se qualcuno dei nostri ha rapporti con loro. Devo essere sicuro che non abbiamo informatori nella divisione "Cyber Security".
Devo sapere chi è la fonte delle notizie che hanno pubblicato. In parte sono generiche, ma io non ho dato neanche quelle. L'accenno alla quotazione in Borsa, e a scheletri nell'armadio. Che cosa pensano di avere in mano? Tirano a indovinare?
Alcune informazioni sono in possesso di cinque persone soltanto, tu sai chi.
Controlla se qualcuno ha contattato uno dei miei consiglieri a nome di Harry Takashimaya, l'investitore che devo incontrare.
Naturalmente se riuscissi a scoprire chi è Mara Mars, sarebbe molto utile. Temo sia tutto collegato. Non badare a spese.

Promemoria per Linus: fai il solito controllo anti-spionaggio industriale, per favore. Tu e Stefano siete le mie colonne, l'analogico e il digitale. Sei abbastanza bravo a trovare anche chi copre le sue tracce.

Non vorrei parlare di complotto, ma l'interesse nei miei confronti è davvero eccessivo. Ci aggiorniamo dopo Parigi.

Messaggistica

"Voglio vederti"
"Voglio toccarti"
"Voglio dormire con te"
Olivia rilesse per la decima volta i messaggi arrivati su WhatsApp da DR.
Scrisse la X e la cancellò, scrisse *"Quando?"* e cancellò.
Provava violente fitte di desiderio appena la sua mente apriva la finestra del ricordo: il divano, il letto, il tavolo della serra, poi ancora il letto. Non si riconosceva nella voce che lui aveva registrato e le aveva mandato in un file audio, i gemiti, i sospiri, i suoni di gola, come se stesse per soffocare, e non succedeva.
Le era sembrato che tra loro si fosse aperto un canale di comunicazione, ma forse si sbagliava: erano soltanto corpi che si saldavano, un lucchetto che aveva trovato la sua chiave.
Scrisse: *"Quando?"*
"Stasera"
"Non posso"
"Domani"
"Non posso, lavoro fino a tardi"
"Mercoledì"

"Devo scrivere un parere. Non finirò prima di mezzanotte. Giovedì?"

"Giovedì sera è troppo tardi"

Olivia aveva un call in studio. Chiuse il telefono nel cassetto. Al ritorno, due ore dopo c'era un messaggio definitivo. *"Ho chiamato il tuo capo, gli ho detto che devi accompagnarmi a Parigi per un accordo. Abbiamo un volo privato giovedì mattina e venerdì torniamo a Milano. A loro va bene. A te?"*

"Ho scelta?"

"Non credo, almeno sul viaggio. Sul resto, sì"

"Va bene. Chiamo la clinica di mia madre. Dovevo vedere il suo medico giovedì mattina"

"Mi spiace, non potevo saperlo. Annullo?"

"No. Mi organizzo"

La madre, le foglie degli alberi e il desiderio

Le foglie cadono come pare a loro, dipende dal vento, dalla posizione sul ramo, dalla loro forza, da un'infinità di cose, ma alla fine cadono tutte, prima o poi. Non dipende da quanto sono vecchie o giovani, da quanto sole hanno preso.
Qualche volta si staccano una a una, altre volte tutte insieme. Così i ricordi vanno via quando il cervello subisce un danno irreversibile. In realtà ne sappiamo abbastanza poco, le aveva detto lo specialista, e l'esempio dell'albero e delle foglie serviva a evitare i termini troppo difficili, a spiegare che ogni uomo o donna è un caso a parte.
C'è chi mantiene un certo numero di ricordi e avverte la familiarità delle persone con cui ha vissuto, riconosce un tono di voce.
C'è chi non distingue i figli dai medici e dalle infermiere. Ma nella maggioranza dei casi ci sono costanti che si possono spiegare soltanto con leggere metafore, come la stanza carica di ninnoli quadri e argenti che viene svuotata, tutto venduto e disperso, e alla fine restano solo le pareti nude, e non c'è niente da fare perché il creditore è la vita, pronta a riprendersi ciò che ti ha dato.

I ricordi, anche i più preziosi e tenaci, volano via e qualche volta cerchiamo di afferrarli, di riportarli sul ramo. Ci riusciamo con i farmaci, con gli esercizi, abbiamo provato con la musica, ogni tanto abbiamo qualche risultato, ma dopo un ictus così grave è difficile. L'emisfero sinistro del cervello di sua madre è danneggiato in maniera definitiva, non riparabile, aveva spiegato il medico. Non potrà più parlare, mangiare, camminare, comunicare. Il centro della comprensione è stato fulminato: sarà come se lei le parlasse in russo. Il massimo della verbalizzazione? Alcune vocali e pochi altri suoni. Eppure la madre di Olivia sorrideva. Le era rimasto soltanto questo. Sorrideva quando la vedeva arrivare, chinarsi su di lei per un bacio, o stringerle la mano, la sinistra, non paralizzata. Era il suo sorriso di sempre, e ogni volta si aspettava di sentire la sua voce, ma non succedeva mai.

Che cosa siamo senza memoria... gusci di noce, abiti smessi appesi dentro un armadio, fantasmi delle divise che abbiamo portato, con il dubbio vantaggio di non sapere se siamo stati buoni o cattivi. Noi non siamo i nostri vestiti, le nostre case, noi siamo il nostro passato.

I ricordi sono pesci difficili, fuggono in acque profonde. Da qualche parte c'è il meccanismo che disattiva la memoria del dolore - nessuno farebbe figli, sennò - un'onda che spazza via le impronte lasciate sulla sabbia.

Esistiamo brevemente, pensò Olivia, e ci tormentiamo con il giusto e l'ingiusto, il permesso e il proibito e poi basta un attimo perché ogni cosa sia cancellata.

Alla madre che non comprendeva le sue parole, nella stanza bianca e asettica, Olivia raccontò di David, dell'azzurro violetto che vedeva attorno al lui, del suo volto devastato, della sofferenza che percepiva e della terribile intensità di ciò che provava.

Se la donna che aveva ricamato i suoi vestiti, asciugato il suo pianto, raccontato fiabe, non fosse stata su quel letto, ridotta a bisogni elementari - essere nutrita con un sondino, lavata, asciugata, massaggiata, sollevata e posata sulla carrozzina per prendere un po' d'aria in giardino - forse Olivia avrebbe pensato a David Minelli come a un'avventura troppo rischiosa, ma di fronte alla perdita di ogni piacere possibile, anche il più piccolo - mangiare una caramella, fare una passeggiata, restituire una carezza - decise di andare avanti, di accogliere l'oscurità del desiderio senza che l'amore c'entrasse per niente.

Una lettera d'addio mai consegnata

Scrivo a te Linda, e deciderai tu se consegnare questa lettera a mia madre che non sa niente della mia vita. Nel caso, le chiedo perdono, non è così che si fa?
Domani mattina verrai a riconsegnarmi le chiavi e mi troverai.
Ho commesso molti errori, sono andata via da casa perché ero una ribelle, volevo conquistare il mondo e sono finita a fare la puttana, pardon, la escort. Ho amato donne e uomini, tutti sbagliati. Sono contenta per te, per il tuo fidanzato, perché ti sei lasciata alle spalle quest'assurdo lavoro e i suoi vergognosi segreti.
Non siamo che corpi intercambiabili, bambole vive. Tutto mi è stato chiaro ieri sera. Dovevo fare il burlesque e poi sai cosa con un cliente, ero triste, e sono stata patetica. Nuda e patetica. Ha riso di me, non si è neanche spogliato. Aveva letto pessime recensioni (sai che c'è un tripadvisor per escort molto riservato, che abbiamo delle pagelle?) ma mi aveva scelta lo stesso perché avevo studiato danza, gli piacevano le ballerine.

Gli ho sbottonato la camicia e lui ha sospirato: perché lo fai? Non ti viene voglia di smettere? Da quanto tempo non dormi? Hai le occhiaie.
Ho visto pietà e disprezzo.
Poi si è tolto dalla faccia una specie di pellicola: era completamente sfigurato da un lato. Guardami, ha chiesto.
Siamo due scarti, niente tornerà mai come prima, tu non sarai mai la bambina amata da tutti, io non sarò mai il ragazzo pieno di speranze che ero. Prendo queste per dormire.
Ha tirato fuori dalla giacca un flacone di pillole: mezza, cinque ore di sonno, una quasi otto. Tutte, la pace. Ci penso ogni tanto, forse dovrei. Potrei farlo stasera. Tienile tu, mi passerà la tentazione. O forse ti regalo una via d'uscita.
Non preoccuparti, scriverò una buona recensione anche se non abbiamo scopato e avrai i tuoi soldi.
Ho trovato il mio angelo nero, o lui ha trovato me.
Ho preso quasi tutte le pillole. Ne manca ancora qualcuna, e poi dormirò, senza incubi, finalmente.
Domani è il primo giorno di primavera.

Eli

Linda arrivò la mattina dopo per restituire le chiavi e trovò Elisa sul letto, fredda e bianca con le labbra schiumose di vomito. Calcolò il valore dell'amicizia e quello del suo fidanzamento, calcolò il rischio di dare spiegazioni sulla loro amicizia, che saltasse fuori la storia delle escort. Maurizio non sapeva.

Prese la lettera e il telefono di Elisa (c'erano tutti i loro messaggi), posò le chiavi nel gancio dell'ingresso e uscì in punta di piedi con il cappuccio della felpa calato sugli occhi per non farsi notare. Nessuno la notò, forse era destino.

Il suicidio arrivò sui quotidiani parecchi giorni dopo, venticinque righe su una colonna, una notiziola invisibile come era stata la sua vita. Alcuni misero soltanto le iniziali.

Linda si sposò con l'abito bianco del tipo meringa che aveva sempre sognato, tagliò la torta, ballò, brindò all'amore eterno. Ebbe un aborto e un amante. Suo marito incontrò un'altra.

Finì il matrimonio, arrivò il cancro, tante cose in sette anni. La lettera nel frattempo era passata da una borsa all'altra, da una scatola all'altra, era finita dentro un raccoglitore di documenti, era stata dimenticata. Quando il medico pronunciò la parola "terminale" a voce così bassa che sembrava "germinale" e Linda non capiva che cosa volesse dire "germinale", ricordò Elisa, andò in solaio, scavò faticosamente fra le carte e ritrovò la lettera. Era sciupata, spiegazzata, ma ancora leggibile. La mise in una busta e la spedì a Oriana Lamanna, al vecchio indirizzo di Elisa, sperando che sua madre abitasse ancora lì. Era l'unica cosa che aveva in sospeso.

Non luogo

Il piccolo, lussuoso jet era esattamente come tutti i piccoli lussuosi jet. Confortevoli poltrone color crema, un carrello con champagne e tartine, musica, video per proiettare slide congressuali o film porno, dipendeva dal cliente.
David Minelli era seduto di fronte a Olivia con un bicchiere in mano e la protesi seconda pelle sulla guancia. Abbastanza realistica.
«Bevi, te lo consiglio. Al secondo posso volare su uno di questi aeroplanini anche durante un temporale, tenermi la maschera, fingere di essere normale».
Olivia prese il bicchiere: «Che ci faccio qui?».
«Andiamo da un investitore, così importante da stanarmi. Lui farà un'offerta e tu mi consiglierai di rifiutarla. Mi raccomando, devi essere irremovibile!».
«Tutto qui?».
«Tutto qui».
«Perché non rifiuti e basta?».
«Deve pensare che ho ragioni, intendo legali, per farlo. Non so quali sono, ma ci sono di sicuro».
«Invece?».

«Voglio che migliori l'offerta. E adesso, relax. L'hai mai fatto in aereo?».

«No».

«Immaginavo. Io sì. Le vibrazioni aggiungono al sesso un tocco speciale. Vuoi provare?». Lentamente, si inginocchiò davanti a lei, le tolse le scarpe, le sfilò una dopo l'altra le autoreggenti, le baciò le caviglie, i polpacci, l'incavo dietro le ginocchia, poi si fermò.

Olivia rimase immobile. Le mancava il fiato. Se avesse potuto teletrasportarsi a terra in quel momento, l'avrebbe fatto. Oltretutto l'aereo ballava, non abbastanza da aver paura, ma abbastanza da metterle ansia.

«Posso sentire il tuo battito che accelera, la tua testa che dice no e il tuo corpo che dice sì. Prendi una decisone, il viaggio è breve. E no, il pilota non aprirà la porta. Non sai che cosa succede su questi aerei… Hai una cartella sul tavolino alla tua destra, aprila».

«Che cos'è?».

«Le mie analisi. Sono in buona salute, non ti trasmetterò malattie. So che prendi la pillola, le avevi nella borsa, liberissima di farlo, ma non avrai bambini da me. Ho avuto un linfoma cinque anni fa. Ho fatto la radio e sono sterile. Potrei avere un figlio perché il mio seme è stato congelato a Parigi, così se un giorno dovessi vincere il Nobel potrei mettere a disposizione di qualche demente la mia meravigliosa genetica. E quando vuoi, mi aspetto di vedere le tue».

«Le mie cosa?».

«Analisi».

«È pazzesco».

«No, è una precauzione. Adesso basta, abbiamo parlato già troppo. Adoro il tuo vestito con la lampo».

Olivia si alzò in piedi con uno scatto, lui le afferrò il braccio e se la ritrovò addosso, il viso enigmatico di lei contro la sua pelle di plastica.

La prese per la vita come una bambola, e fu come se la distanza dalla terra e lo champagne l'avessero liberata da una gabbia.

Aprì la lampo e lasciò che lui sganciasse il minuscolo reggiseno nero, fece scorrere la fibbia dei pantaloni e incrociò il fuoco freddo dei suoi occhi. David premette il pulsante per abbassare lo schienale e Olivia si trovò su di lui, attraversata da lui, piegata su di lui e col cuore in gola.

Muoviti come vuoi, le disse dolcemente, accarezzandole il seno, ma non troppo in fretta. Voglio restare il più possibile dentro di te. Olivia non riuscì a controllarsi, né a rallentare, travolta da un'ondata insostenibile di sensazioni che si allargava in cerchi concentrici, da una tensione bruciante. Era sul punto di svenire.

Era l'incontro con una se stessa che non conosceva e con un uomo capace di portarla oltre. Provò una fitta di dolore/piacere, una coscienza del corpo che non aveva mai avuto, dalle unghie dei piedi alla radice dei capelli.

David la tenne ferma, non ascoltò i suoi ti prego e continuò finché non vide due grosse lacrime scenderle dagli occhi. Le stava facendo male. Di solito non gli importava. Quella volta sì. Smise di comportarsi come una delle sue macchine intelligenti, smise di trattenersi e si concentrò sul breve/lungo momento del contatto assoluto. Non era il solito scambio di fluidi, la solita soddisfazione che gli dava tregua per un po'. Era altro, era qualcosa che non voleva.

Rimasero abbracciati, sfiniti, nel non luogo in mezzo alle nuvole. Olivia gli sussurrò una parola a voce troppo bassa perché potesse sentirla, ma le labbra appoggiate sul suo collo sembrava dicessero "amami". David pensò qualcosa di gentile da dirle, le parole si formarono nella sua mente, ma rimasero lì.

Suite francese

La suite del *Crillon* era uno scintillio di specchi, lampadari di cristallo ed enormi mazzi di fiori. Un salotto, una sala per riunioni di lavoro riservate, poltroncine imbottite, vasi, statue, due stanze da letto.

L'incontro con Harry Takashimaya (metà americano, metà giapponese, squalo al cento percento) e il suo avvocato, era durato sei ore, interrotto da brevi pause per drink, spuntini e telefonate. David Minelli si era presentato in abito formale, un completo grigio e addirittura la cravatta, sciolto, a suo agio o almeno così sembrava. Takashimaya era rigido, contratto e cerimonioso. Strano ibrido: alto, occhi azzurri, capelli neri, lisci e lucidi raccolti in uno chignon (insolito per un uomo d'affari) e una preziosa giacca kimono ricamata.

Aveva guardato Olivia con curiosità e l'aveva salutata con un piccolo inchino. L'avvocato inglese si era presentato brevemente: Howard Lightner.

Si era parlato per ore di 5G, di cybersicurezza, di AI, ma soprattutto di algoritmi e codici sorgente, di diritti digitali e possesso dei diritti, di auto, arei, navi gestite in remoto, di neuroscienze e back-up della mente. Olivia aveva imparato rapidamente che le tecnologie immateriali nelle quali viviamo immersi avevano bisogno di molto denaro materiale per progredire, ma David Minelli non voleva cedere il controllo, e neanche uno dei suoi preziosi algoritmi.

Era una schermaglia, l'inizio di una trattativa. Takashimaya aveva segnato il primo punto costringendolo a raggiungerlo a Parigi con il completo grigio e la faccia finta. Per le prime due ore si era mostrato possibilista, poi Olivia aveva fatto la sua parte dichiarando che l'offerta, pur economicamente interessante, implicava la cessione degli asset più innovativi, suscitando negli interlocutori un certo stupore.

La discussione era andata avanti toccando questioni sempre più tecniche: se non avesse avuto un input così chiaro (rifiutare) avrebbe dovuto lavorarci su per qualche giorno.

Era preoccupata per la concentrazione: mentre leggeva pagine di documenti complicatissimi, le tornavano in mente i flash del sesso in aereo. Forse per questo andò a guardare alcune note piccolissime scritte in fondo alle centocinquanta pagine del precontratto dove si menzionava come futuro interlocutore del gruppo Takashimaya una società con sede a Taiwan.

A quel punto David Minelli aveva preteso una pausa.

Era rimasta sola con i due uomini e dopo un paio di minuti di silenzio imbarazzante, Takashimaya le aveva chiesto in un perfetto italiano: «Mi rendo conto che non è questa la sede e che non può rispondermi, ma sarebbe disposta a lavorare per me? Minelli è di sicuro un cliente importante, ma io credo di esserlo di più. Ho dietro capitali che nemmeno immagina…».

Olivia aveva visto con chiarezza l'alone giallo-grigio dell'inganno attorno ai due uomini e se l'era cavata con un sorridente: «Ci penserò».

Al secondo round Takashimaya aveva modificato l'offerta, mentre scintille di rosso lo incoronavano. Minelli aveva chiesto tempo, Olivia si era opposta alla firma. Era stato deciso un altro incontro a Milano.

Ora che era finita, uno scontro armato senza armi, a parte il denaro, ora che i camerieri avevano servito la cena nella suite - foie gras fresco alla frutta, un gran plateau di frutti di mare e una bavarese alla fragola - Oliva non sapeva se parlare a David Minelli dell'offerta, e soprattutto se era da prendere sul serio. Lui la guardava assorto. Aveva mangiato in silenzio circondato da lievissime vibrazioni azzurre e non sembrava interessato a discutere di lavoro. Si era tolta la seconda pelle e aveva un'aria stranamente vulnerabile.

«Ti ho fatto male sull'aereo?».

«Sei troppo dotato» scherzò lei.

«E tu sei troppo stretta. Mi piaci molto, Liv. Ho fatto fatica a concentrarmi sul contratto e non è da me».

«Anch'io».

«Per me è diverso. Ho provato tutto. Credo più nella meccanica che nelle emozioni. Pornografia, sesso violento, orge, qualunque diversivo esista per evitare la noia. Negli ultimi anni non ho mai incontrato due volte la stessa ragazza. Non ho permesso a nessuna di avvicinarmi, ma tu mi fai stare bene».

«E?».

«Hai il diritto di farmi una domanda».

«Sei mai stato innamorato?».

«Chiedimi quanti soldi ho, la password di Mata Hari, chiedimi qualsiasi cosa, ma non questo. È troppo personale».

«Il tuo patrimonio è stato pubblicato da *Forbes* e la tecnologia non mi appassiona. Allora con quante donne sei stato?».

«Non lo so. Non le ho contate. All'inizio avevo un quaderno nero. Scrivevo per non dimenticare, ma ho smesso quasi subito perché invece volevo dimenticare. Potrei fare un calcolo approssimativo, se ci tieni».

«No no, per carità. Dimmi una cosa che desideri».

«A parte la mia faccia di prima? Quello che desidero è davanti a me. Sei tu. Vorrei scoparti sul meraviglioso tappeto persiano del salotto, sul tavolo, sul letto a baldacchino e ovunque. Vorrei saziarmi di te. Ma penso che mi stancherò prima di saziarmi. Tu sei stanca?».

«Non abbastanza».

Olivia contemplò l'accentuarsi del viola attorno a lui.

«Allora ti porto in giro per Parigi. Chiamo l'autista». Parigi a metà aprile può essere molto fredda, ma quella sera no. Aveva piovuto da poco e tutto sembrava appena lucidato: l'oro dei cancelli, le facciate dei palazzi.

L'auto si fece strada pigramente sugli Champs Elysées, costeggiò il lungosenna affollato, seguì come un faro le luci della Torre Eiffel, si inoltrò nel Marais. David rise. «È un giro turistico, ma mi piace sempre. Andiamo da *Angelina*, il caffè di Proust. A quest'ora è chiuso, ma ho telefonato perché ci lascino entrare. Saremo solo noi e un'infinità di dolci».

Li aspettavano. Nella sala vuota, con i tavolini apparecchiati per una cena di fantasmi, i camerieri portarono la carta, e lui ordinò tutto con un gesto: piccole torte colorate farcite con frutta e crema, Mont Blanc, Saint Honoré, una millefoglie.

Dal carrello traboccante Olivia assaggiò qualsiasi cosa ammaliata come una bambina e si arrese davanti alla mousse di cioccolato all'arancia. «Non posso, è troppo. Con te tutto è troppo…».

«Torniamo al *Crillon*. Domani mattina partiamo presto».

Durante il tragitto in macchina, David Minelli sembrò distratto, assorto. Aveva ricevuto un report spiacevole sull'attività di *Vite Digitali*, ma quando Olivia gli posò la testa sulla spalla decise di raccogliere la dolcezza della sua bocca.

Sentì la panna, il cioccolato e la crema di marroni, il retrogusto di lampone e caffè e provò un desiderio intenso di divorarla. In camera le lasciò appena il tempo di entrare, la tenne ferma con il suo peso contro la porta per continuare con i baci cannibali. Lei gli strinse le gambe attorno alla vita, un avvinghiarsi alla ricerca del contatto perfetto, braccia, bocca, lingua, ti prendo, mi prendi, una scossa violenta, un fulmine, quattro minuti di emozione.

Si sarebbero chiesti molte volte che cosa avesse provocato quell'inatteso, simmetrico abbandono. Sul momento era stata la voglia, il non-potevo-farne-a-meno, ma dopo no. Avevano riso. Annusato il collo, i capelli. Mandorla e limone, rosa e mirto. Assaggiato il sudore e la saliva. Scoperto l'effetto di certe lunghe carezze sulla schiena. Era stato strano, passionale e divertente, fisico e senza complicazioni.

Sul letto a baldacchino David l'accarezzò lentamente, poi prese dalla sua valigetta una bottiglia d'oro. «È un olio peruviano, a quanto dicono preziosissimo, estratto da una pianta rara. Amplifica le sensazioni. Mi saprai dire. Adesso chiudi gli occhi o dovrò bendarti con la cravatta. Non farmelo fare, è troppo stupido».

Olivia sentì prima le gocce sul collo, sul seno, sull'ombelico, poi le mani che la massaggiavano e la torturavano dolcemente rendendola sensibile al minimo tocco si impadronirono di lei e fu come se una fiamma la avvolgesse.

«Allora?».

«Non credo sia l'olio, credo sia tu».

Sentì che si piegava su di lei e la massaggiava con il corpo, i muscoli tesi contro i suoi capezzoli, le braccia sulle braccia.

«Dimmi che vuoi essere scopata».

«Sì. Subito».

«Voglio la tua bocca, prima».

Le entrò nella gola quasi con rabbia perché voleva che lei fosse come le Betty e le Vicky, ma non era così. Forse era l'olio peruviano o forse era il suo io ancora integro da qualche parte, prima del sangue e del fuoco, ma la sofferenza se ne andò, e se ne andò anche la rabbia.

Rotolarono sul letto, scivolosi e lucidi come anguille. Il mio cazzo è sempre lo stesso, pensò David, ma questa sensazione è diversa, e nello stordimento, nella concentrazione che gli serviva per dosare lentezza e velocità, per ottenere dal corpo il massimo che si poteva ottenere, la voce di Olivia arrivava lontana mescolando oscenità e parole d'amore, sovrapponendosi a quella dell'unica donna che lo aveva accompagnato per anni con il suo ossessivo ricordo. Lara, sempre Lara. Gli sembrò lei, per un attimo.

Dopo, la tenne stretta, annodata in un delizioso groviglio di carne e lenzuola, le braccia incrociate sul suo seno, una gamba attorno alla sua, e le sentì dire con la voce impastata di sonno e di una dolce stanchezza: «Mi farai morire».

In maniera forse insensata, data l'ora e la situazione, rispose alla domanda che le aveva fatto a cena. Le parlò di Lara. Le disse del suo peccato, dei cristalli di meth, del fuoco e dei coltelli,

dei segni che gli ricordavano ogni dettaglio, ogni giorno, dei segni che erano il suo rosario blasfemo. Ossessione e maledizione.

Aveva vissuto nel terrore che venissero a finirlo, che lo dissanguassero e lo bruciassero, per questo, vigliaccamente non era andato neanche al funerale del padre adottivo e poi di Sara, sei mesi dopo. Le disse che cosa l'aveva portato al club *Nabokov* e oltre, nell'universo freddo degli attrezzi erotici, delle pratiche nate per offrire stimoli forti a chi faticava a provarne: l'illusione del controllo.

Per la stessa illusione aveva assunto un investigatore privato: voleva sentirsi al sicuro. Da Boston aveva avuto buone e cattive notizie. Il padre di Lara era morto nell'incendio del suo night, i figli ne erano usciti vivi ma devastati. Uno aveva perso le braccia, l'altro, rimasto senza ossigeno aveva subito seri danni cerebrali. Sul momento gli era sembrato giusto, una saggia risposta dell'universo.

Dopo l'incendio, evidentemente doloso, la polizia aveva indagato, perquisito, rovistato. E aveva sequestrato centinaia di foto di Lara nuda, in tutte le posizioni possibili, a letto con il padre, che poi non era suo padre, e con i fratelli che non erano veri fratelli. Elaine, la madre di Lara, era già incinta la notte del matrimonio a Las Vegas: un incontro tra ubriachi - lui divorziato da poco, lei mollata - una di quelle pazzie inspiegabili che fanno deragliare più di una vita.

Quando la piccola aveva undici anni, Elaine era entrata ufficialmente nell'elenco delle persone scomparse. Lara era stata un giocattolo, una cosa di cui la sua contorta famiglia rivendicava il possesso. Qualcosa di tribale, animale.

«Per questo era così esperta, per questo non voleva che conoscessi nessuno dei suoi e aspettava il college per andarsene. Ero la sua via di fuga, la sua speranza, Liv. Non avevo capito niente, non mi ero chiesto niente, mi immergevo nella sua meravigliosa adolescenza e basta. La amavo? Mi amava? Non avrò mai risposte. Mi ascolti, Liv?».
Ma lei dormiva già.

Linus

Linus si tolse le cuffie appena David Minelli entrò nella stanza.

Sorrise allegro. Non era mai ansioso, mai arrabbiato, i suoi occhi chiari erano fiduciosi e sereni. «Agli ordini. Chi devo hackerare? Dove metto uno spy? Un virus? Fammi divertire un po'». Linus, che in realtà si chiamava Andrea, piaceva molto a David Minelli. Somigliava a lui dieci anni prima. Era un informatico geniale, un hacker esperto. Aveva un'intelligenza vivace, complessa, veloce.

Era tecnico, ma anche creativo. Aveva programmato l'ascensore per il suo peso, studiato la rete di sensori che proteggeva l'azienda. Aveva accesso a tutto, compresa H21 e sapeva (quasi) tutto. Aveva avuto un paio di idee per migliorarla.

«Ho parlato con Stefano appena arrivato a Milano» cominciò, «*Vite Digitali* continua a raccogliere informazioni su di me. Hanno una copia dei miei documenti. Il certificato di nascita, l'adozione, la tesi di laurea. E fin qui va bene, anche se è strano il modo in cui li hanno ricevuti. In cartaceo, busta consegnata a mano. E hai letto che cosa è uscito oggi? L'offerta di Takashimaya. Il mio indirizzo di casa. Problemi psichiatrici. Linfoma. Attacchi di panico. Coinvolto in una morte sospetta. Ho già chiamato lo studio Testa, li querelo per diffamazione e chiedo la rimozione delle informazioni personali. Tu fammi sapere chi c'è dietro. Mara Mars non esiste, non fisicamente. È uno pseudonimo ben protetto, Stefano ne è sicuro».

«Dimmi chi includere nella ricerca. Qualcuno conosce i tuoi oscuri segreti?».

«Non ho oscuri segreti, Linus».

«Sì che li hai» rise, «tutti li hanno. Persino io. Saresti sorpreso».

Gli sembrò che parlasse sul serio.

«A parte te e Stefano, nessuno mi ha mai avvicinato. Tua madre potrebbe rivelare il mio numero di collo e far circolare la notizia che sono ingrassato, poi c'è il mio consiglio di amministrazione, Mario Antonelli (viene da lui la notizia degli attacchi di panico?), la strizza (mi sembra improbabile)».

«E le ragazze?».

«Non credo. Se così fosse, perché adesso? Non ha molto senso».

«Avranno raccolto da varie fonti».

«No, penso a una sola, e recente. Trovala. Trova le tracce digitali».

«Comincio subito».

«Metti nella lista anche l'avvocato Olivia Manera. L'ho portata a Parigi, ha conosciuto Takashimaya, le ho parlato di H21 e di alcune cose piuttosto… private. Imprudenza, succede anche a me. Un incidente con una ragazza, anni
fa. Una cosa per la quale mi sento da sempre in colpa. Le precauzioni non sono mai troppe».

«Olivia Manera, quella carina, ok. La aggiungo».

Linus rimise le cuffie e uscì fischiettando. Quella era la sua tenuta per la caccia grossa.

Bosco Verticale

«Ti invito al Bosco Verticale, vuoi?».
Questa volta niente WhatsApp, una semplice banale, telefonata. Non pranzavano insieme, non andavano al cinema, non facevano nessuna delle cose che di solito significano uscire con qualcuno. Non uscivano. Non c'erano cuori e fiori, non c'erano promesse, canzoni e gelosie. Ognuno rispettava i confini dell'altro come se esistesse una frontiera invisibile.
«Ok, sono curiosa».
Chiamarla casa era riduttivo. David aveva comprato una porzione di quello che era stato definito "il grattacielo più bello del mondo", progettato da Stefano Boeri, con grandi terrazze dove crescono un migliaio di alberi: il Bosco Verticale. Anche l'appartamento con giardino pensile era bianco, parquet, pareti, divani, orchidee, e nel candore ossessivo il tubino blu di Olivia era più appariscente di un faro. Era come trovarsi dentro una rivista di arredamento. Vetrata. Vasi Lalique sulla mensola.

Quadri interscambiabili, eleganti macchie di colore. Ogni cosa al suo posto. Compresa la bottiglia di vino nel secchiello. Fuori, gli aceri sembravano finti.

«Perché non ti siedi?».

«È così perfetto. Sembro un elemento di disordine».

«Credo che un po' di disordine ci voglia. Per esempio, potrei spargere i tuoi vestiti in giro per cominciare. E poi i miei. Vieni qui, non voglio perdere un minuto».

La guardò come una donna desidera essere guardata, ma c'era dell'altro in fondo, un misto di nostalgia, di rimpianto, una somma di cose non dette e per un attimo le sembrò ci fosse un lampo di follia. Le baciò il collo. Le sciolse i capelli con un gesto, e addio chignon. Un attimo dopo era nuda, stordita dalle sue dita calde e leggere.

«Posso farti una foto?» chiese, ma era una domanda retorica.

Porno revenge, immagini postate in rete, aiuto. Pensò fortemente "no" e si stupì nel sentire che la sua bocca diceva sì. Alla foto e a tutto il resto. Si addormentò mentre lui cercava ancora angoli nascosti da baciare.

Nel sonno era stranamente cosciente della sua presenza, sentiva le braccia che la tenevano stretta impedendole di muoversi e respirava piano per non staccarsi. L'urlo la svegliò di colpo. Se fosse stato un getto di inchiostro avrebbe cancellato il bianco della casa. David si era alzato e gridava un lungo "no", una sola straziante sillaba.

Prese uno dei Lalique sulla mensola e lo lanciò contro la vetrata. Una pioggia di schegge li investì. Le vide arrivare al rallentatore e poi velocissime mentre gli si conficcavano nelle mani e nel petto. Le scansò per puro istinto e si appiattì contro il muro. Il cuore batteva impazzito. David sanguinava sul parquet. Aveva gli occhi sbarrati, eppure non si lamentava, anzi sembrava non provasse dolore. «Chiama Antonelli. Ti detto il numero, poi metti il viva voce e portami un asciugamano».

«Mario, scusa l'ora, ma è successo di nuovo. Un incubo. Il fuoco. Mi sono ferito…». E cominciò a tamponare il sangue.

«Liv».

«Sì».

«Quando sono con te mi sento un altro, e mi sembra impossibile. Come se avessi aperto una porta su un universo parallelo. Mi fai sentire migliore, ma non lo sono. Vestiti e vai via».

«Lasciati aiutare».

Ecco l'aveva detto. Scena vista mille volte. Sindrome della crocerossina.

«Non innamorarti di me, Liv. Non me lo merito. L'amore è un imprevisto che non mi posso permettere. Vai, adesso».

Il Bosco Verticale aveva sentito tutto. Chissà gli alberi se avevano un'opinione.

Alina

Era una cena tra amiche ma Alina aveva insistito molto, come se avesse qualcosa di importante da dirle. In effetti l'aveva.

«Senti, al giornale circola voce che tu abbia una storia con David Minelli».

«Scusa, tu non ti occupi di moda?».

«Tra colleghi si parla».

«E chi te l'ha detto?».

«Matteo Gamba, sai quello dell'economia. Ha raccolto il pettegolezzo da uno di *Vite Digitali*. È vero?».

«È vero, ma niente di serio. Né per lui, né per me. Bocca chiusa però».

«Se viene fuori non sarà da me, giuro».

«Tu sai chi è Mara Mars?».

«Macché. Ne parlano tutti. È il segreto meglio custodito del giornalismo. E pare stia per scoppiare una bomba. Qualcuno ha preso di mira Minelli, questo è sicuro».

«Dimmi la verità, Alina».

«Funziona così. Chi vuol far sapere qualcosa la mette in una buca delle lettere digitale in maniera anonima offrendo riferimenti attendibili. Se sono convincenti pubblicano e cancellano la fonte. Qualche volta anche se non sono convincenti».

«L'hai mai usata?».

«Una volta. Il mio capo stava per trasferirmi. Sapevo di un certo scandaletto. È bastato un accenno su *Vite Digitali* e mi ha lasciato in pace. Ma non cambiare discorso. Dammi qualche dettaglio piccante. Com'è, visto da vicino?».

«Grosso. In tutti i sensi. Muscoli di marmo. Il tipo statua greca. Molto forte, molto virile. Ghiaccio e fuoco. Pieno di cicatrici, non solo in faccia».

«E tu saprai perché».

«Mi ha raccontato qualcosa, ma ero più stordita che incuriosita. Mi stavo addormentando».

«Orgasmi multipli?».

«Sì».

«Quando non ti interessa più passagli il mio numero».

«Non parla con i giornalisti».

«Digli che sono una personal shopper».

«Ce l'ha già».

«Inventa qualcosa».

«A me comincia a far paura, Alina. Mi disorienta. Credo che lascerò lo studio per non lavorare più con lui. Ho ricevuto un'offerta interessante dagli inglesi quindi addio David Minelli. Chiedigli un appuntamento».

Per un attimo pensò di parlarle della sinestesia, dei colori, di quelli che vedeva attorno a lei, poi decise che era meglio stare zitta. Alina era un'amica, ma era anche curiosa e per di più una giornalista. Si sentì infelice: non aveva mai dubitato di lei.

Rivelazioni

Linus era nervoso, David non l'aveva mai visto così.
«Ho fatto le ricerche che mi hai chiesto. Sono tutti a posto qui, nessuno sta passando informazioni. Ma l'avvocato Manera», Linus esitò, «be', ho scoperto che ha un secondo cellulare e comunica attraverso una sua amica, Alina Del Re, una qualsiasi giornalista di moda, una che scrive di pizzi e merletti, con la buca delle lettere di *Vite Digitali*. Ho seguito le tracce e sì, sono state abbastanza brave, ma alla fine le briciole di pane portavano ai loro computer. È tutto nel mio report. Ci sono le sue impressioni su Harry Takashimaya (sai che le ha fatto un'offerta quando sei uscito dalla stanza?), le tue analisi, il materiale sui contratti, le caratteristiche di H21. C'è anche la strana storia di una ragazza morta (pare) per colpa tua. Se la parte su Takashimaya esce, sarà un bel guaio. Quanto alla ragazza morta, non so se ci sono gli estremi per un'inchiesta, non sono un giudice».

David metabolizzò lentamente. Un secondo telefono. Informazioni. Sentì una fitta dolorosa. Ma certo. Tutto tornava. Eppure Olivia gli era sembrata così sincera. Per la prima volta aveva parlato di Lara con qualcuno fuori dalle sedute.
Le era sembrato che dormisse, ma forse non era vero.
«Sei sicuro Linus?».
«Sicurissimo».
«Possiamo provarlo?».
«Certamente. Ma… la stai vedendo, vero?».
«Sì».
«E vuoi continuare?».
«Sì. Non sa che io so. Cerco di capire dove vuole arrivare. Che cosa è disposta a fare per avere altre informazioni che di sicuro non le darò».
«Ottima strategia, David».
«C'è modo di bloccare *Vite Digitali*?».
«Non so, forse posso rallentarli con un virus. Ci studio su».

Il corpo è un campo di battaglia

"Voglio vederti"
"Voglio toccarti"
"Voglio dormire con te"
Era diventato un rituale. Olivia rilesse i messaggi arrivati da DR, e rispose senza esitare:
"Quando?"
"Ora. Ti mando a prendere"
Per la quinta volta in due settimane salì sulla Mercedes con il cuore che le martellava. Niente sì e no, niente domande, nessuna giustificazione. Un po' di paura, forse, per come stava entrando nell'oscurità, per le domande invadenti. Hai mai fatto sesso con una donna? No. Con due uomini? No. Ti hanno mai legato? No. Hai una fantasia segreta? È segreta, non te la dirò.
I loro corpi erano diventati un campo di battaglia. Olivia non resisteva, cedeva qualcosa di sé ogni volta, e lui niente. Era come se volesse metterla alla prova, trovare il suo punto di rottura, costringerla a fuggire.

Ma più dei piccoli lividi, delle fitte, quando la immobilizzava per i polsi, della furia che poi si addolciva, la preoccupava la progressiva sparizione delle luminose schegge azzurre. C'era un giallo-verdastro, c'erano lampi di grigio e di nero, e il viola meraviglioso appariva sempre meno. Quando Massimo la depositò all'ingresso, Olivia pensò: è l'ultima volta. Sapeva che era sbagliato, l'aveva capito subito. Eppure aveva imparato molto su se stessa, sul dolore e sul desiderio. Tutti i ragazzi con cui era stata, tutti i suoi amori ora le sembravano tiepidi, insignificanti.

David la avvolse in un abbraccio potente, caldo, e senza staccarsi riuscì a sfilarle la giacca, a sollevarla lasciando che le scarpe scivolassero sul pavimento, a portarla sul divano con la borsa ancora appesa al braccio. Esplorò con le dita la morbidezza setosa della sua pelle, trovò il miele che cercava: «Ti desidero tanto da star male: come hai fatto?».

Olivia avrebbe voluto rivolgergli la stessa domanda, ma decise di no. Decise di consegnarsi a lui qualunque cosa volesse quella notte, poi sarebbe uscita dalla sua vita. David aprì una scatola rossa piena di curiosi oggetti che aveva visto soltanto in qualche filmino hard o nelle pubblicità dei sex toys spacciata per "benessere". Gliela offrì con insolita gentilezza: «Scegli, dimmi che cosa vuoi provare». Nodi, nastri, maschere, dita vibranti, un bavaglio a O. «Scegli tu».

Si sentì avvolta da un'onda viola, si abbandonò, giocattolo tra i giocattoli, ancora una volta. Arrivò all'improvviso il ciclo, in anticipo, con forti spasmi. Cercò di alzarsi, «Vado a casa» ma David la fermò: «Mi piace tutto di te». E si tuffò su di lei per assaggiare il suo sangue (come un vampiro, non poté fare a meno di pensare). Era strano, delicato, e piacevole. Non sentiva più i crampi, ma soltanto la sua lingua. Forse era davvero eccessivo.

Quando David si svegliò, un minuto prima delle sei e allungò la mano per toccarla, Olivia non c'era più. Sapeva che H21 disattivava gli allarmi alle cinque e mezzo, aveva chiamato un taxi ed era andata via lasciando una macchia rossa tra le lenzuola immacolate. Le mandò un WhatsApp, ebbe una X come risposta.

Latex

«Vorrei un appuntamento con Betty. Domani. Latex. Al Seven Stars»

Certo, era piuttosto strano che, pur avendo comprato varie case, andasse in albergo ma lo preferiva. Olivia era l'unica a essere entrata alla Maggiolina e al Bosco Verticale e probabilmente lo aveva spiato.

Aveva una suite al Seven Stars di Milano (erano solo 20) con vista sulla Galleria, una posizione che qualche collega americano gli avrebbe invidiato. Quell'anonimato lussuoso (era l'unico italiano tra miliardari cinesi, banchieri libanesi e principi sauditi) era perfetto: un codice elettronico per entrare e qualcosa di molto simile a un maggiordomo a disposizione ventiquattro ore su ventiquattro per qualsiasi capriccio.

La X di Olivia gli bruciava come un marchio a fuoco, era pieno di rabbia e di sospetti e alla fine il sesso non era che quello, uno sfogo. E il controllo assoluto era preferibile alla vita reale, qualunque cosa pensasse la sua analista.

Quando arrivò, la Betty era già pronta, inguainata dal collo alle caviglie in una tuta di latex nero, così sottile che sembrava verniciata. Una seconda pelle. Era bella, un corpo da dea, come tutte, e addestrata, come tutte. Accettò la ball gag con un sorriso complice. Cominciava il gioco.

Il gioco - lo aveva fatto altre volte - consisteva nell'usare un minuscolo coltello per incidere lo strato sottile nei punti strategici e ottenere un certo brivido: bastava poco a provocare una ferita. E per ognuna c'era una maggiorazione del quindici per cento. Ad alcuni piaceva. A lui no. C'era già troppo sangue nei suoi sogni.

Con mano leggera praticò una piccola incisione attorno a un capezzolo e cominciò a succhiare. Poi con un taglio a croce sotto l'ombelico tirò la pellicola scoprendo il triangolo perfettamente depilato della sua occasionale Betty. Con la punta della lama tagliò la fessura tra i glutei, un culo magnifico in effetti, e nonostante l'attenzione da amanuense vide formarsi una goccia di sangue rossissimo. Per quanto fosse eccitato, la sua mente matematica calcolò quanto gli sarebbe costata la distrazione.

La prese con un desiderio feroce eppure lucido, senza quella perdita di coscienza che di solito lo calmava, si vide per un attimo da fuori, mentre sodomizzava la silenziosa Betty. I singhiozzi di piacere, o forse no, attutiti dalla ball gag. Le unghie che strappavano strisce di latex. Un giochino che lo attirava eppure non attenuava la disperazione che saliva da una profondità sconosciuta: sentirsi sull'orlo di un abisso, guardato dall'abisso. Poi però arrivò il benedetto abbandono, il fiotto di luce che cancellava la stanza, la donna, l'entità del bonifico e gli permetteva di galleggiare per qualche istante in un magnifico nulla.

Shibari

Tutto accadde in fretta. Una settimana dopo Olivia Manera aveva dato le dimissioni, era ufficialmente in vacanza e non rispondeva al telefono, mentre *Vite Digitali* annunciava *"La verità su David Minelli"*.
Ma Stefano era un mastino. Sapeva che l'avrebbe trovata, e la trovò in un'elegante beauty farm alle Cinque Terre. Olivia lo seguì senza fiatare (che altro avrebbe potuto fare? Chiamare la polizia?). David Minelli aveva bisogno di parlarle.
Solo parlarle, sottolineò. Con una certa apprensione, Olivia vide aprirsi i cancelli della bella casa alla Maggiolina: aveva la sensazione che non ne sarebbe più uscita.
David non la toccò, la invitò a entrare nella serra, le offrì una sedia, poi, con un gesto fluido, premeditato, le ammanettò i polsi dietro la schiena. Olivia non guardava lui, ma la cupa nube che lo circondava, il grigio, il nero, lampi di rosso. «Guarda la parete di fronte» la invitò, «vedi quell'albero di corde? Quelli sono nodi shibari, di solito ci si lega dentro una dorei, una che ama questo tipo di pratiche.

Resta sospesa, offerta all'uomo che la domina. Le corde possono essere strette in molti modi, possono provocare piacere e dolore, tenerti ferma in una posizione scomoda, intorpidire i muscoli.
Puoi supplicare perché hai sete o fame, o freddo. Ho abbastanza esperienza per dirti che questa può essere, con qualche aggiustamento, una forma interessante di tortura, oltre che un'esperienza estetica. Devi dirmi perché hai passato informazioni su di me a *Vite Digitali*. Ti sei avvicinata apposta, brava, hai finto un'innocenza che non avevi, e io ti ho creduto. Non uscirai da qui senza avermi dato le risposte che cerco».
Olivia gridò: «Non so niente di *Vite Digitali*. Alina mi ha detto che esiste una buca delle lettere anonima, ma non l'ho mai usata. Che cosa ti fa pensare che sia stata io?».
«Tracce. Uno dei miei le ha trovate. Ho visto i codici, ho seguito il flusso dei dati. Non tutti i contenuti erano leggibili, ma buona parte sì. Che mi dici dell'offerta di Harry Takashimaya?».
«L'ho rifiutata».
«Perché hai dato le dimissioni?».
«Non ne potevo più. Era diventato complicato».
«O avevi trovato quello che ti serviva?».
«Non capisci. Lavorare per te e scopare con te, non poterne parlare, e non poterti neanche conoscere davvero. Ho dei limiti».

«Ti avevo avvertito e non ti ho mai promesso niente: sono danneggiato dentro e fuori. Ora sono un animale ferito e devo difendermi. *Vite Digitali* ha pubblicato le tue note sul nostro incontro a Parigi e sul contratto - significa che non avrò il denaro - su quanto sono indietro con H21 - era in uno degli allegati che ho portato - sanno del linfoma,
degli attacchi di panico e tra poco uscirà la storia di Lara, la mia ossessione, la mia persecuzione. Mi dirai tutto, mi dirai perché».
Olivia sentì che le gambe le tremavano mentre David con molta calma prendeva una delle sue forbici per le orchidee e le tagliava i vestiti in minuscole strisce, la giacca, la maglia, i pantaloni, le calze, il reggiseno, gli slip finché non le rimase un brandello di stoffa addosso. La costrinse ad alzarsi, la portò verso l'albero, le appoggiò il mento sulla spalla e cominciò a passare le corde sopra e sotto il seno, ai lati delle braccia, accentuando e dosando la pressione.
«No, non farlo, non ho niente da rivelarti, davvero» supplicò.

Ma David era entrato in quella fase che gli dava pace e controllo e non la ascoltava. Maneggiava assorto anelli e nodi, creò un intreccio a losanga sulla schiena e un altro sulle gambe, un passaggio sulle braccia per tenerle dietro, una stretta, e all'improvviso Olivia si trovò sospesa, intrappolata in una ragnatela che le rendeva impossibile qualsiasi movimento.

La baciò sulla bocca, le tolse le manette. «Ti lascerò così, finché non saprò la verità. Posso usarti, posso farti qualsiasi cosa. Ma se mi risparmi la fatica, ti lascio andare e ti permetto di dimenticarmi».

Olivia cominciò a piangere. I singhiozzi la scuotevano. Si divincolò. «Mi stai spaventando… se è uno dei tuoi giochi, non mi piace».

Non era la reazione di una spia. Non era la reazione che si aspettava.

«Ferma, le corde potrebbero stringersi di più. Dillo. Hai continuato a vedermi per spiarmi».

«Ho continuato perché guardavo oltre la tua faccia. Vedevo altro. Ero convinta che avessi sentimenti, mi sembravano colori.   E mi sbagliavo. Hai ragione. Non sei capace di provare niente, non distingui le persone, e non te ne importa. Altrimenti non saresti diventato il giovane genio che ha fatto i soldi. Non ti saresti perso nel tuo mondo assurdo. Ma io non sono Mata Hari».

La fissò. Il dolore e il senso di perdita che aveva provato e nascosto dentro di sé, erano pesanti come pietre, ma non gli impedivano di avere fantasie. Si avvicinò all'albero di corda, baciò le lacrime di Olivia, sentì il bisogno di accarezzarla. L'algoritmo del desiderio si scriveva da solo.

Un bip richiamò la sua attenzione: «Ecco, *Vite Digitali* è online. Vediamo che altro c'è. Per il resto abbiamo tempo».

Vite Digitali
Gli scheletri nel server di David Minelli

"Scrivo a te Linda, e deciderai tu se consegnare questa lettera a mia madre che non sa niente della mia vita. Nel caso, le chiedo perdono, non è così che si fa?
Domani mattina verrai a riconsegnarmi le chiavi e mi troverai.
Ho commesso molti errori, sono andata via da casa perché ero una ribelle, volevo conquistare il mondo e sono finita a fare la puttana, pardon, la escort. Ho amato donne e uomini, tutti sbagliati. Sono contenta per te, per il tuo fidanzato, perché ti sei lasciata alle spalle quest'assurdo lavoro e i suoi vergognosi segreti.
Non siamo che corpi intercambiabili, bambole vive. Tutto mi è stato chiaro ieri sera. Dovevo fare il burlesque e poi sai cosa con un cliente, ero triste, e sono stata patetica. Nuda e patetica. Ha riso di me, non si è neanche spogliato.
Aveva letto pessime recensioni (sai che c'è un tripadvisor per escort molto riservato, che abbiamo delle pagelle?) ma mi aveva scelta lo stesso perché avevo studiato danza, gli piacevano le ballerine.

Gli ho sbottonato la camicia e lui ha sospirato: perché lo fai? Non ti viene voglia di smettere? Da quanto tempo non dormi? Hai le occhiaie. Ho visto pietà e disprezzo.

Poi si è tolto dalla faccia una specie di pellicola: era completamente sfigurato da un lato con profonde cicatrici. Guardami, ha chiesto. Siamo due scarti, niente tornerà mai come prima, tu non sarai mai la bambina amata da tutti, io non sarò mai il ragazzo pieno di speranze che ero.

Prendo queste per dormire. Ha tirato fuori dalla giacca un flacone di pillole: mezza, cinque ore di sonno, una, quasi otto. Tutte, la pace. Ci penso ogni tanto, forse dovrei. Potrei farlo stasera. Tienile tu, mi passerà la tentazione.

O forse ti regalo una via d'uscita. Non preoccuparti, scriverò una buona recensione anche se non abbiamo scopato e avrai i tuoi soldi. Ho trovato il mio angelo nero, o lui ha trovato me. Ho preso quasi tutte le pillole. Ne manca ancora qualcuna, e poi dormirò, senza incubi, finalmente. Domani è il primo giorno di primavera".

Questa è la lettera rimasta sepolta per sette anni, ma ci è arrivata in originale e siamo in grado di dirvi che l'uomo al quale fa riferimento è David Minelli.

Lui stesso ha raccontato del suo senso di colpa a una persona che gli era molto vicina. Sarà aperta un'inchiesta. Istigazione al suicidio? O verrà archiviata perché non ci sono altri testimoni? Possiamo dirvi che Linda, la persona alla quale la lettera era indirizzata è morta di cancro l'anno scorso. Non riveliamo tutto o ci salteranno addosso e ci faranno chiudere. E per quanto il privato sia privato, emerge un quadro che cambia la percezione del giovane, lanciatissimo, geniale imprenditore. Prostituzione? Miseria morale? Strapotere del denaro? Non escludiamo clamorosi sviluppi. Questa potrebbe essere la punta dell'iceberg.

Mara Mars
vitedigitali.com

David Minelli rilesse l'articolo dieci volte senza capire. Non ricordava la ragazza, il burlesque, le pillole. Sette anni fa? Era plausibile, però. Aveva rimosso quell'incontro e certo non avrebbe potuto raccontarlo a Olivia né a nessun altro.

Era andato a fondo, era stato cancellato come spazzatura, come un libro giallo abbandonato sul sedile di una stazione, letto per essere dimenticato. Il cervello non può conservare tutto: cancella ciò che ritiene inutile, doloroso o irrilevante. Un brutto film, il dialogo con uno sconosciuto, nozioni scolastiche, volti qualsiasi.

Scavò nella memoria per afferrare qualche dettaglio, e lentamente, come gli annegati che salgono a galla, le pagliuzze luminose affiorarono dal passato, dai cocktail di farmaci che gli permettevano di stare al mondo, da una zona nebbiosa dove non si era più addentrato.

Cercò di recuperare un nome, un luogo, una circostanza. Si era davvero mostrato orribile com'era, prima di tutte le altre operazioni? Aveva pronunciato quelle parole? Aveva davvero invitato la sconosciuta Elisa a suicidarsi? E lei l'aveva fatto? Avvicinarsi a lui era pericoloso.

Il suo pensiero matematico gli venne in soccorso, sommando e sottraendo, costruendo un'equazione risolvibile. Eliminato l'impossibile, ciò che rimane, per quanto improbabile, deve essere la verità.

Chiuse gli occhi per creare il suo puzzle mentale e riempire gli spazi vuoti.

I sospettati sfilarono nella sua mente, li interrogò. Non era stata Olivia, né Stefano, né Antonelli, né la sua analista, né uno dei consiglieri di amministrazione. A tutti mancava un pezzo. Depennato un nome dopo l'altro, restava Linus, il piccolo genio. Soltanto a lui aveva parlato di "un incidente, con una ragazza, anni fa" pensando a Lara, al racconto notturno recitato nell'orecchio di Olivia.

Soltanto lui, il fratello nell'informatica, aveva gli strumenti per conoscere ogni cosa. Poteva aver letto le sue analisi, manipolato le tracce digitali, creato un flusso di informazioni inesistente tra Olivia, Alina e Mara Mars. In fondo gliel'aveva quasi suggerito con i suoi sospetti. Doveva soltanto capire perché.

Mentre se lo domandava, H21 lanciò un elegante segnale di allarme: «Hai un'ospite, David. Ti informo che i suoi parametri vitali sono alterati».

Olivia era immobile, pallida, attorcigliata in una posizione innaturale. Aveva tentato di liberarsi.

Una fune le stringeva il collo, non tanto da soffocarla, ma respirava a fatica. Sciolse i nodi in fretta. Le corde gli sgusciavano sibilando tra le dita. Liberò la gola, le gambe, il bacino, il seno, tenendola su per tranquillizzarla, inalandole aria, facendole poggiare i piedi per terra. La coprì con la sua felpa, la portò in casa, la avvolse in un plaid, chiamò Antonelli. Aveva paura per lei, non per l'impero digitale che rischiava di crollargli addosso, ma per lei.

Gli passarono davanti in un flash gli errori commessi per sbadataggine o presunzione, l'incantevole momento in cui, un sabato mattina che sembrava lontanissimo, Olivia l'aveva guardato senza pregiudizio né paura, la prima risposta ai suoi assillanti messaggi di desiderio: "Quando?".

Era tutto finito, ovvio, e non aveva nessuno da incolpare. «Perdonami Liv» sussurrò, «sono stato un idiota. Forse stavi diventando importante, e non volevo. Ma a questo punto non conta più. Rimedierò».

Olivia spalancò gli occhi, vide il viola luminoso e li richiuse.

Resa dei conti

«Ciao Linus, vieni da me, Olivia Manera ha ammesso tutto. Convoco il consiglio di amministrazione. Ma prima parliamo tra noi e concordiamo una versione ufficiale. Che sicurezza possiamo garantire se chiunque può spiarci?».
«Certo, arrivo subito».
Mentre aspettava, si mise al computer. Cercò sui giornali notizie di suicidi, donne giovani morte nei suoi primi cinque anni a Milano e si sorprese nel vedere quante ce n'erano. Restrinse il campo all'overdose di sonniferi, poi alla fascia d'età (20-25 anni) ed erano ancora tante.
Violò ogni database possibile. Selezionò 21-30 marzo e ce n'era una sola: E.R. Elisa Rayneri. Lo stesso cognome di Linus, Andrea. Il figlio della sua preziosa assistente e vicemadre Oriana Lamanna. Quella che gli comprava le camicie e le felpe. Quella che lo invitava affettuosamente a tornare a casa e gli portava una fetta delle sue torte in ufficio. Niente spionaggio industriale, nemici internazionali. Pura e semplice vendetta per un gesto sconsiderato che nemmeno ricordava.

Linus arrivò quindici minuti dopo. Aveva lo stesso sorriso di sempre, nessun segno di nervosismo o paura.

«È un bel pasticcio» disse David, «oggi la reputazione è tutto».

«E tutto si dimentica, non ti pare? Viviamo nell'eterno presente. Fai un passo indietro, prenditi una vacanza, aspetta che la tempesta passi».

«E nel frattempo?».

«Il consiglio può mandare avanti l'ordinaria amministrazione, io mi occuperò della "Cyber Security". Che cosa ha detto Olivia Manera?».

«Niente, Linus, non poteva dire niente, non sapeva niente. Mara Mars sei tu. Che cosa vuoi farmi pagare? La morte di tua sorella? Sei sicuro che la colpa sia mia?».

«Certo che lo è. Dici "ammazzati" a una persona entrata in quell'orribile mercato della carne e pensi di non avere responsabilità? Chi le ha altrimenti? Io ti ammiravo finché a casa non è arrivata quella lettera sgualcita, sbiadita, ma almeno era una spiegazione per la fine di Elisa. Quando i vicini di casa hanno chiamato la polizia, era morta da otto giorni, era irriconoscibile, gonfia, un mucchio di tessuti disfatti. Era stata bellissima. Allora, per citare una tua frase, siccome niente accade per caso, ho pensato che la coincidenza fosse una specie di destino, l'invito a fare giustizia. Io lavoravo per te, mia madre lavorava per te. Eravamo nel posto giusto per rimettere ordine, per spegnere il tuo senso di onnipotenza».

«Linus…».

«No, non dirmi che sai di che cosa parlo. Non lo sai. Nemmeno lo immagini».

«Linus, tu hai accusato una persona innocente, hai violato il suo computer, hai costruito prove false, hai reso pubblici i miei documenti privati, hai sabotato l'accordo con Takashimaya, messo in pericolo l'azienda».

«E questo non dimostra che sono più bravo di te?».

«No. Dimostra solo che pensavi di esserlo. Mi spiace per tua sorella…».

«Elisa. Si chiamava Elisa».

«Mi spiace se sono stato una delle sue ragioni per non voler più vivere. Non ricordo una parola e ti assicuro che lo vorrei. Forse non sono l'unico sfregiato che compra il tempo di una donna. Ma se è vero quello che dice, non l'ho neanche toccata, e le ho dato le pillole per evitare di prenderle. In questo momento H21 sta mettendo in rete ogni immagine, ogni dettaglio della tua confessione, e pazienza se non si vedrà il mio profilo migliore».

«Non ne verrai fuori facilmente».

«Forse no, ma smetterò di nascondermi. Se scappi subito, forse tu ci riuscirai. Sei bravo».

«Perché mi lasci andare?».

«Perché non sono un poliziotto. E questa storia mi ha fatto scoprire cose di me che non sapevo. Vai».

Linus si voltò e sparì oltre il cancello.

David Minelli ordinò: «H21, chiudi la connessione».

Quando

Lo scandalo scoppiò e si sgonfiò. Un plotone di avvocati rese tutto complicato, ma alla fine, molto rumore per nulla. Ricevette un'altra offerta da Harry Takashimaya, venne interrogato varie volte, qualcuna delle Betty e delle Vicky decise di vendere le sue memorie per soldi e David si rese conto che le sue precauzioni erano state per buona parte inutili. Venne fuori anche la storia di Lara, non tutta, e a parte i dettagli morbosi che i suoi legali facevano rimuovere (ma era come svuotare l'oceano con un secchiello di plastica) non c'era niente che potesse davvero interessare a lungo il grande pubblico pop. La tecnologia è come il sesso: deve fornire distrazioni sempre nuove.
Linus era scomparso.
Sua madre aveva dato le dimissioni ed era partita per la Sicilia. Prima di andarsene gli aveva chiesto un incontro, gli aveva parlato con le lacrime agli occhi della figlia affascinante e ribelle che tutti volevano e nessuno amava.

Quando era arrivata la lettera, il mondo le era crollato addosso e Linus era impazzito. Avrebbe dovuto tradirlo? L'aveva convinta a fare da spettatrice. David si era sentito stranamente incline al perdono mentre l'inchiesta continuava. Chissà, forse era un inizio di empatia. In fondo siamo tutti vittime di qualcosa.

Olivia si era trasferita a Londra, studio importante, ottime prospettive di carriera. Aveva portato via da Milano anche la madre. Era contento che avesse voltato pagina. Era contento di non averle fatto del male, niente di visibile, almeno. Antonelli l'aveva ricoverata in ospedale, le aveva dato ossigeno e per precauzione l'aveva infilata dentro una TAC.

Era tornata a casa dopo ventiquattr'ore di osservazione e non l'aveva più vista. Le aveva scritto, senza ottenere risposta. Si era ritirato.

Che cosa avrebbe potuto/dovuto dirle? Il tempo delle parole era finito. Era emersa la parte primordiale che aveva tenuto a bada, come quei mostri che una volta scoperti giurano: «Io non sono così».

Aveva cominciato gli addii. Era andato all'Old Granary Burying Ground di Boston dove erano sepolti i suoi genitori adottivi, poi aveva cercato la tomba di Lara, molto semplice, al Mount Auburn Cemetery, una croce bianca in mezzo ad altre centomila.

Aveva girato per le strade di Boston senza meta, era passato davanti alla sua vecchia casa, e si era sentito estraneo a tutto. Aveva rimorchiato una puttana giovanissima nella hall dell'albergo.

Era tornato a Milano dopo un mese. Aveva chiuso la villa (l'assedio dei giornalisti era diventato insopportabile), attivato gli allarmi e mandato Blanca in vacanza dai suoi in Ecuador.

Quando aveva trovato la forza di entrare di nuovo nella serra, aveva contemplato le preziose orchidee morte e guardato i disegni di Lara per l'ultima volta. Li aveva infilati in un grande secchio di metallo, aveva preso l'accendino e dato fuoco a tutto. La fiamma aveva attaccato i capelli selvaggi, gli occhi stupefatti, le ciglia lunghe come fili d'erba, la gola incantevole, il corpo adolescenziale che non sarebbe mai invecchiato e mai avrebbe conosciuto le rughe, le occhiaie, il marchio del dolore: la sua perfezione era definitiva in quel frammento di tempo disegnato a matita.

Nei suoi sogni emanava sempre uno splendore sottile. Le guance sapevano di pesca e magnolia, le orecchie erano carnali albicocche. Le braccia tenere, i polsi sottili, le dita affusolate, eppure forti, l'arco perfetto della spina dorsale, la rotondità del ginocchio, la sua fragranza inspiegabile, ogni piega della sua pelle traslucida come porcellana: tutto allora gli sembrava miracoloso e nuovo, fonte inesauribile di tenerezza e desiderio.

Ma forse era solo la tensione estrema della giovinezza, lo splendore dell'attesa, quando non c'è bisogno di parole e il futuro è ancora un regalo da scartare. Le aveva scritto sulla mano l'equazione di Dirac: $(\partial + m)\,\psi = 0$ *"Se due sistemi interagiscono tra loro per un certo periodo di tempo e poi vengono separati, non possono più essere descritti come due sistemi distinti, ma in qualche modo, diventano un unico sistema.*

Quello che accade a uno di loro continua a influenzare l'altro, anche se distanti chilometri o anni luce".

L'equazione di Dirac non era l'equazione dell'amore come cianciavano alcuni su Instagram, né lo era mai stata, ma di sicuro il sistema Lara aveva continuato a influenzarlo e l'avrebbe fatto per sempre.

Contemplando il suo passato come si fa con la vita di un altro, qualcosa che puoi raccontare perché non ti appartiene, aveva sciolto i nodi dell'albero di corda. E bruciato anche quelli.

Adesso viveva in un angolo poco mondano del lago di Como, Gli piaceva. Non l'aveva scelto a caso. Dal terrazzo poteva vedere il punto più profondo del ramo di Lecco. Lì aveva sparso le ceneri della sua famiglia prima di partire per l'America immaginando che non sarebbe più tornato. Stava per tentare un'altra operazione.

Un chirurgo inglese famoso per le sue ricerche sulle staminali gli aveva prospettato un notevole miglioramento: medicina rigenerativa, qualsiasi cosa significasse. Ogni tanto pensava a Olivia, le lasciava messaggi sulla segreteria telefonica o in WhatsApp. Sapeva che quel numero era ancora attivo, contemplava il back-up del suo cellulare come una reliquia.

Si era iscritto a un seminario sui sogni lucidi e aveva provato a sognarla, a dare un altro finale alla loro storia, se storia si poteva chiamare. Aveva sperimentato una strana forma di fusione con lei, di adorazione per le curve che non avrebbe disegnato in altro modo.

Il seno burroso, sensibile al punto da stupirlo,

bastava sfiorarlo per farle perdere il controllo, la bocca curiosa, la lingua esploratrice, le braccia allungate oltre la testa, come una freccia. Ricordava quando l'aveva sconvolta succhiando il suo sangue mestruale. Futon, pareti ruvide, pavimenti, spiagge, ascensori, tavoli, ne aveva scopate tante di donne, ma non riusciva a richiamare nessuna sensazione memorabile, giusto le immagini vivaci di qualche stranezza. Anche Lara cominciava a sbiadire, per fortuna.

Poteva andare diversamente? Forse. O forse no. Stava diventando saggio. Il desiderio è una lucciola nel buio, pensò David. Quando lo vediamo, non possiamo fare a meno di seguirlo come i bambini nelle sere di giugno. Non sentiamo il freddo, il caldo, il dolore, non ci preoccupiamo di ferire gli altri. O noi stessi. Esiste soltanto la luce che ci spinge avanti, avanti, avanti e ci fa lasciare alle spalle la strada che conoscevamo. Avrebbe preferito considerarla come un'influenza, qualcosa che passa, e dopo la febbre arriva la quieta normalità, ma non è così. Nessuno vuole che sia così.

C'è qualcosa di magico, considerò, nel desiderio senza ragione, nello sconvolgimento, nella forza che ti sradica e ti porta via. Non puoi spiegare perché.

Perché quella donna, quello sguardo, quel modo di camminare e non un altro, perché quel sorriso e non un altro, perché quella voce e non un'altra, come se ci fosse qualcosa di essenziale eppure invisibile
che tocca corde sconosciute, rimescola lo stomaco, annebbia la vista. Perché Lara. Perché Olivia. Mentre andava verso l'aeroporto, le mandò l'ennesima sequenza di WhatsApp. Era un'abitudine ormai.
"Sono a Londra da stasera"
"Voglio vederti"
"Voglio toccarti"
"Voglio dormire con te"
Salì sul jet privato, aprì la bottiglia di champagne. I soliti due bicchieri per allentare l'ansia. Staccò il telefono. Scivolò in un dormiveglia trasognato pieno di nuvole, di fantasmi.
Quando lo riaccese, aveva un messaggio:
"Quando?"

Roselina Salemi

(Foto Gianmarco Chieregato)

*Sono una cacciatrice di storie. Ho conosciuto terroriste
e madri in lutto, ho capito che cosa si può fare per amore,
avidità e vendetta. Ho incrociato la cronaca nera e i misteri
della mafia lavorando come corrispondente di Repubblica in
Sicilia, sono stata minacciata (Eugenio Scalfari mi
ha detto: «Se hai paura sono fatti tuoi») e mi sono trasferita
a Milano nel 1985 su consiglio di un magistrato amico che
ancora ringrazio. Ho lavorato al Corriere della Sera,
ho diretto il settimanale Anna, e scrivo.
A differenza dei narratori che premettono sempre «Questa
storia è inventata», le mie non lo sono quasi mai. "Sulla pelle
delle donne" e "Ragazzi di Palermo" (Rizzoli) sono due
inchieste. "La fontana invisibile" è la vicenda surreale di
un'eredità divisa dopo 111 anni, "Il nome di Marina" (ancora
Rizzoli) è il romanzo nato da un lavoro di giornalismo
investigativo che nessuno voleva pubblicare. Ma anche negli
argomenti più frivoli ho messo la stessa curiosità. L'ultimo
libro è "I mariti inutili" (Cairo), una piccola follia scritta in
coppia con Januaria Piromallo, una provocazione divertente.
L'ultima buona azione è il racconto pubblicato per
l'antologia "Mariti" (Piemme):
i diritti d'autore serviranno a salvare le spose-bambine di
Varanasi.*

*Mi occupo di costume, comportamenti sociali, stili di vita.
Seguo le sfilate, i festival del cinema e tutti gli indicatori che
possano suggerire verso dove stiamo andando. Ovviamente
non lo so, ma mi piacerebbe scoprirlo.*

Ti è piaciuto questo libro? Lascia il tuo commento sulla nostra pagina Facebook (readingwithlove.i) e su Amazon!

9 791280 555175